BIG MAUI
BURGER

そしてひづ

「面白いアイデ

サマータイムレンダ2026
小説家・南雲竜之介の

異聞百景

原作 田中靖規
小説 半田畔

小説 JUMP j BOOKS

人物紹介
小説家と少女の前には、今日も好奇心を
かき立てる奇妙な事件が……。
2人がたどりつく真実とは──？
南方波稲
16歳、飛び級で東大に
入学した。ひづるの姪。
南方ひづる
小説家・南雲竜之介。

湊あゆみ
波稲の大学での同級生。

強羅
南雲竜之介の担当編集。

ミスター・レイ
未来予知ができるという。

ミサキ
ミスター・レイの妻。

坂下安芸
幽霊に憑かれた
車に乗っていた。

飯田
骨とう品店の店主。

寺田・クリス・アンダーウッド
〝呪いの絵画〟を
描いた画家。

柊木凪
南雲竜之介のファン。

静寂島警部
過去の事件で
ひづると縁がある。

網代慎平
若い料理人。

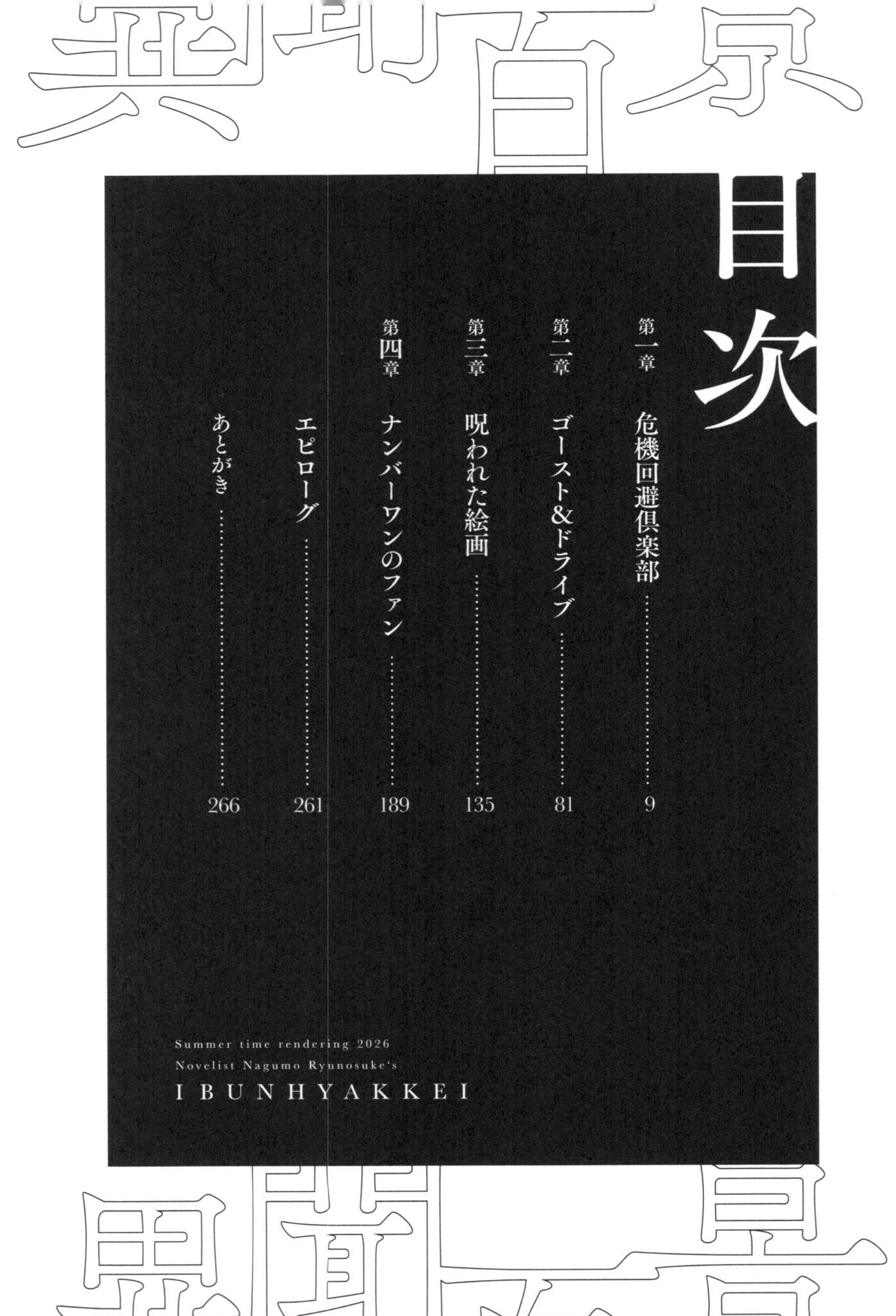

目次

Summer time rendering 2026
Novelist Nagumo Ryunosuke's
IBUNHYAKKEI

第一章

危機回避
倶楽部

1

南方波稲が食券を睨み続けてから、すでに三分以上が経っていた。にぎわう学食のなかでも集中を途切れさせることなく、ただ一点、手元の食券だけを見つめている。注文していた冷やしぶっかけうどんが早く食べたくてそうしているのではなく、波稲の意識が向いているのは食券番号のほうだった。

「３５６、３５６……うーん、微妙な数字。素数でもないし。せめて３５７だったらなぁ。うん、３５７だったら連続の素数を並べてできる数だし。ていうか楔数でもある！　ううん、惜しいなぁ」

「稲ちゃん」

あだ名で自分を呼ぶ声で我に返る。向かいに座る友人の湊あゆみが、あきれたように溜息をついていた。長い髪をくるくると指で巻いている。退屈させてしまっていたようだ。

「稲ちゃん、ほんと好きだよねその数字遊び」

「ごめんあゆみちゃん。つい癖で」

「一日一回、面白い数字を見つけたらＳＮＳで投稿。マニアックすぎて最近はフォロワーも少し減ってるでしょ。一時期は百万人いくか、ってところだったのに」

「別に増やすために投稿してないもん」

記録として残せるからＳＮＳは重宝していた。フォロワーの数はそれほど意識したことはない。去年からこの東京大学に新設された飛び入学制度で合格した最初の一六歳。大学合格が決まってからそれが記事になり、雑多な日記帳のような自分のＳＮＳに、フォロワーが増え始めた。きっかけは安易な気持ちで出たテレビだった。ＳＮＳで連絡を取ってきたテレビのプロデューサーに乗せられ、気づけばスタジオに立ち、カメラの前で飛び入学生としての意気込みを語らされていた。その放送のあと、フォロワー数が激増した。

「意味不明な数字の投稿だけじゃなくて、もっと大学生活のこととか伝えなよ」

「い、意味不明って……ひどい……」

「稲ちゃん可愛いから普段の様子を撮ったらあっという間にフォロワー戻ってくるよ。というかもっと増えるかも」

「なんか自分を切り売りするみたいで嫌」

「考え方しだいだよ。大学がどうして飛び入学制度なんて新設したと思う？　話題をつくって入学希望者をたくさん増やしたいからだよ。飛び級でやってきた一六歳の美少女。しかも映像記憶もできちゃう天才。これ以上の広報材料はないって。だからいま学ばせてもらっているこの大学のためにも、稲ちゃんは自分を全面的に出していくべきなんだよ」

そう言われればそうかもしれないし、上手く丸め込まれているだけのような気もする。

真面目で、口も上手くて、それに凛としていてかっこいい。出会ったときからあゆみの印象は変わらない。四月、飛び入学の影響もあって少し浮いていた自分に、最初に話しかけてくれたのが彼女だった。それから五か月、いまでは気心の知れた友人であり、そしてSNSの投稿に助言もしてくれるアドバイザー。

「あ、そういえばあゆみちゃんの食券番号は？」

「話聞いてたかお前」

ぐりぐりと頭にげんこつを食らいながら、あゆみちゃんの食券を眺める。９９５番。何かあるだろうか。すぐに出てこない。分解してみたらどうなるか。でも９９５番からあまり離れすぎるのも違う。では、組み合わせてみるのはどうか。

「あ！　わかったよあゆみちゃん！　ファイゲンバウム点になってる！」

「ふぁ……なに？」

「ファイゲンバウム点。ロジスティック写像だよ。世代を重ねた生物の個体数がどういう風に変動していくのかとか、そういうときに使うモデル」

「それと食券番号に何の関係が」

「このモデルに値を代入していくと一定の法則性のもとで収束していくんやけど、ある時点から規則性が乱れていくんよ。それの臨界値がファイゲンバウム点！　ファイゲンバウム点は３．５６９９５なんよ。私とあゆみちゃんの食券番号の数字を合わせたら、なんと

35699 5になる！　ちなみにこれはカオス理論の一例としても有名で――」

「あーはい、もうわかったから。とりあえず学食のおばちゃんがさっきから怒鳴り声で私たちを呼んでるから、取りに行こ？」

我に返り、カウンターに取りに行く。「うどん伸びる！」と、学食のおばちゃんにしっかりと怒られた。それでも縁起の良い食券だけは手放さなかった。テーブルについてからも356と995の数字を並べて写真を撮ることしか頭になかった。

テーブルに置いた食券を撮ろうとした瞬間、あゆみにスマートフォンを奪われてしまう。抗議しようと怒ったところで、食券と記念撮影をしてやると言われたので、従った。

「うん、良い笑顔。やっぱり本人も映ったほうがいいよ」

撮ってもらった写真を見せてもらうと、確かに良い感じだった。番号がピンボケせずにしっかりと映っているところが特に良い。この写真を採用して投稿することにした。『今日はロジスティック写像のファイゲンバウム点を見つけました！』と、一文を添えた。

うどんを食べ終わり、何気なくスマートフォンを確認すると、いつもより何倍も速いスピードで、何倍も多い数の高評価が押されていた。

「うわ、すご。みんなファイゲンバウム点好きなのかな？」

「違う。全然違う。あんたの顔が映ってるから」

いまさら、広報の役割を果たしてしまっていたことに気づく。投稿を見ていたのか、学食内で、さっきからちらほらと、視線を浴びる数も増えている気がする。目を合わせることのない絶妙な距離でこちらを見て、声の聞こえない巧妙な距離で自分を話題に会話をする彼ら。入学したときにも感じた、自分の存在だけが浮いた感じ。あゆみがいてくれなければそそくさと逃げているところだ。原因をつくった張本人も彼女なのだけど。人を何気なく誘導するのが上手い。

「あゆみちゃんはひとに騙されるより騙すタイプのひとだと思う……」

「稲ちゃんにフォロワーが多いのは、別に飛び級の天才少女だからってだけでもなくて、単純に稲ちゃんに魅力があるからだよ。ということで今度は動画もどう？」

「あゆみちゃん、もういいって。早く片づけて次の教場向かおうよ。動画も撮らない」

波稲はおぼんを戻そうと席を立つ。だがあゆみは座ったまま、話をやめなかった。

「稲ちゃんの魅力を知る機会が、いままではたまたま、みんなになかっただけ。でも、カリスマ性があるひとは、自然と目を引くようになる」

「おだてて私を乗せようとしてもそうはいかないからね」

「いや、本当にそうだよ。カリスマ性を持っているひとは、最初から何かが違うんだよ。あのひとと出会ったときも、私はそう思ったもん」

「……あのひと？」

「『ミスター・レイ』。それがあのひとの名前。本名は誰も知らない。だけど私たちは何も知らなくていいの。代わりにあのひとがすべてを知ってくれるから」

「……あ、あゆみちゃん？　いったい何の話？」

そこで昼休みの終了を告げるチャイムが鳴った。急いで次の教場へ向かわないといけない。早く片づけようと提案するが、あゆみに波稲の声は届いていなかった。

「ねえ、早く行かないと講義に遅刻するよ」

「稲ちゃん。こっちに来て」

「え？」

「いいから。もう三歩ほど、いまの位置からズレて」

訳もわからず、波稲はその通りに従った。あゆみのもとに近づき、この行動にどういう意図があるのかを尋ねようとした。その瞬間だった。

「ひゃ！」

短い悲鳴が聞こえて、波稲が振り返ると、一人の女子がおぼんを持ったまま足を滑らせ、派手に転倒した。どうやら講義に急ごうとしていたらしい。近くにいた女子の友人らしい何人かが、転んだ彼女を補助し始める。

本来なら助けようと波稲も手を貸していた場面だが、それ以外の事実に意識を奪われていた。女子が転倒したのは、まさに波稲が数秒前まで座っていた場所だったからだ。あゆみの言う通りにその場を移動した。直後に転倒が起きた。

「あゆみちゃん、どうしてこれを……？」

戸惑う波稲に、あゆみが小さく笑う。

続けて彼女が口にしたのは、またしても聞き慣れない単語だった。

「『危機回避倶楽部』って知ってる？　会員制の秘密倶楽部なんだけど、いま私、そこに入ってるの」

「危機回避倶楽部？」

「ミスター・レイがすべて教えてくれる。いまのは私の力じゃない。ミスター・レイが事前に教えてくれていたの。これから先に起こる危機としてね。私たちはただ、それに耳を貸すだけ。あのひとはね、稲ちゃん、未来が視えるんだよ」

「ど、どういうこと？　冗談？　何かのネタ？　流行ってるやつとか、私わからんよ」

なんとか笑って対応するが、口元がひきつっているのが自分でわかった。あゆみが財布から取り出したものを見て、やがてその笑みをつくる余裕さえなくなった。クレジットカードに似たサイズのプラスチックの黒いカードで、会員証だとわかった。企業のロゴに使われているようなシンプルな白いフォントで『危機回避倶楽部』と大きく印字されていた。

見せられた会員証から顔を上げたとき、あゆみはすでに、波稲の知っているいつもの彼女ではなくなっていた。

「危機回避倶楽部ではミスター・レイの危機回避予知を聴講できるの。週に一回開催され

危機回避倶楽部？
ミスター・レイが
すべて教えてくれる
危機回避倶楽部
022

てて場所は彼の邸宅で行われるんだけど、広くて良いところだよ。入会はすべて紹介制で初回の見学は無料。以降ミスター・レイの危機回避予知を聴講したい場合は会員になって会費を払わないといけない。ちょっと高いけど学生の私でもバイト代をつぎ込めばいける。おかげで最近はピンチだけどね。水道とガスが止められちゃうかも。でもいいの。本当に危険なときはミスター・レイが予知をしてくれる。会員は男性と女性でちょうど半々くらい。三〇代から四〇代が一番多くて、次が五〇代以上の方ね。私より若い子もけっこういて、親子で来ているところもあるよ。私もともと疑り深い性格で、だからこそ理学部の実験も苦にならず続けられるんだけど、それは置いておいて。世の中の胡散臭いオカルトをたくさん見てきたんだよね。でもミスター・レイは本物だった。もっと表に出てもいいと思うけど、どうせミスター・レイの力を信じずに根拠も仮説も持ち合わせず批判してくるやつらが湧いて出てくる。だから秘密の会員制倶楽部なの。会員には定員があって、いまもしかしたらちょうどぜんぶ埋まってるかもしれない。私が最近入会したからタイミングが本当によかった。一回会ってみればいい、どれだけ安らぎをくれるひとかわかるから。そうしてみるのが一番いい、言葉じゃ伝えきれない。ということで。波稲もよかったら一度見学に来ない？」

飛び級で進学し、東京での一人暮らしが許された条件の一つに、週に一度、父親と連絡を取るというものがあった。本来なら高校に進学しまだ実家から通っていてもおかしくない年齢。父の心配も理解できるので、条件を呑んで早三か月、波稲はいまも約束を守っている。その日の夜、あゆみのことを打ち明けようかどうか迷って、結局報告した。

「パパ、どうしたらええかなあ？」

「待って波稲、そのなんとか倶楽部に勧誘されたんか？」

「うん。一回見学来てみやんかって」

「やめといたほうがええんちゃうかなあ……。入会するまで閉じ込めるとか、平気でやりかねへん宗教団体かてあるんや。いつも言うてるやろ、『東京では何が起きても――』」

「――おかしくない』、やろ。いっつも聞いてるよ」

不確定な要素や、予想外な日々の連続。そういったことが島よりもずっと多くて、だからこそ刺激的だし、上京してきてよかったと思う。積み重ねた時間が自分を成長させてくれている実感がある。だけどこれは、少し種類が違う。

「でも私、やっぱりあゆみちゃんを放っとけやん。あゆみちゃんは入学して孤立してた私に最初に話しかけてくれた子やから。あの子がおらんかったら、大学が楽しいところやって気づけやんかったかも」

「怪しい宗教にハマってしもた友達を助けたい気持ちはわかるよ。でも、中途半端な言葉とか対応やったら余計に悪化させてしまうだけや。誰か頼れる大人はおらんのか？　お世話になっている教授とか」

「目をかけてくれている教授は何人かいるけど、こういうことは専門外やろうし」

あ、とそのとき閃くものがあった。

「一人だけおる。頼れる大人。お世話になっている教授、じゃないけど、お世話になっている作家先生ならおるよね」

「作家先生って……いやいやいやいやあかんあかんあかん！　それはあかん！　絶対にあかん！」

電話口からの父の声が、とたんに大きくなる。ほとんどパニックだ。あわてふためいている様子が容易に想像できた。

「ロクなことになるわけない！　ええか波稲、絶対このこと喋ったらあかんで！　相談もあかん！」

「あかんあかん言いすぎ。わかったよ」

「ほんまかぁ⁉」

もちろん。


「ていうわけでひづるちゃん、私の友達を助けるの、手伝ってくれやん？」

父の姉である南方ひづるのマンションまでは、電車を乗り継いで四〇分の距離だった。

アポなしで訪問したが無事になかへ入れてくれた。木目調の落ち着いたデザインの壁が印象的なエントランスを抜け、エレベーターを使ってひづるの部屋がある四階までスムーズに移動する。玄関先で会った瞬間、さっそく話を持ちかけた。

「何が『ていうわけ』なんだ。文頭を自宅に置き忘れてきたか。正しく国語を使いたまえ。もしや寝ぼけているのか。ならば起床時間からやりなおせ」

親戚相手にも容赦のない物言い。だけど家族とか年齢関係なく、対等な相手として話をしてくれている気がするので、波稲は嫌な気持ちにはならない。

「ゆっくり文頭の中身を明かすから、とりあえずなかに……てあれ、お客さん?」

玄関に上がろうとしたところで、男性用の靴が置かれているのに気づく。ひづるの脇からのぞくと、奥の部屋でアロハシャツを着た男性が正座しているのが見えた。

「気にするな、彼は今まさに帰るところだ」

「いやちょっと先生ェ～ッ、僕来たばっかじゃないですかァ! まだお土産(みやげ)も渡してませんよ」

男性がそそくさとカバンのなかから菓子折を取り出す。銘菓『鈴竹(すずたけ)』とある。聞いたことのない菓子だ。先生、とひづるを呼んだということは、おそらく担当編集なのだろう。打ち合わせの邪魔をしてしまっていたようだ。

「土産を置いたらとっとと帰れ。というか強羅(ごうら)編集、キミが持ってくる土産は毎回同じだな。『ワンパターン』という私が一番嫌いな言葉を体現するやつだ。不快で打ち合わせど

気にするな
彼は今まさに帰るところだ
！
いやちょっと先生ェ〜〜ッ
僕来たばっかじゃないですかァ！

ころではなくなった。追い出す理由がもう一つできたところでとっとと帰れ」
「いやでも美味しいんですよこれ、ふわふわの生地のなかにカスタードが入ってて、って
あ、蹴らないで！　わかりました！　今日は退散しますから！」
担当編集の強羅が、文字通りひづるに蹴り出されていく。廊下をアロハシャツの男性が
這って移動していく光景は、少し異様だった。すれ違いざま、軽く会釈を受けたので返す。
「原稿、そろそろ本当によろしくお願いしますよ。せめてプロットだけでも――」
言葉の途中でひづるがドアを閉めてしまう。帰ったかどうか確認もせず、とっとと廊下
を進みリビングに向かってしまう。そのまま立っていると、来ないのか、と振り返って目
で尋ねてきた。蹴り出されないうちに靴を脱いで、部屋に上がる。
「お菓子、一つ食べてもいい？」
「ぜんぶ持ってっていい。もうそれ飽きた」
ひづるはモニターが置かれたデスクの前に座る。執筆中だったらしく、縦書きのワード
ファイルで原稿が開かれている。
途中でジャケットを着たままでいることに気づき、椅子の背にかけたあと、執筆に戻っ
ていく。上が黒のタンクトップ一枚というラフな格好になる。性別限らず、一度会えば誰
もが、彼女の胸元に視線が向いてしまうだろう。いつか自分もあれくらいは、と憧れたこ
ともあったが、最近は実験の邪魔になりそうだな、という感想が勝つようになった。ひづ

る自身も胸の重さに苦労しているのか、机の下には無数のマッサージ器具が収納されているのが見える。

「で、話とは？　書きながらでいいか」

キーボードに乗せた手がスムーズに動き始める。ワードファイルによどみなく、文字がつむがれていく。これまでにも何度か部屋に遊びに来て、執筆風景を見せてもらったことがあるが、毎回、魔法を見ているような気持ちになる。

キーボードを叩く手が止まったタイミングを見計らって、言葉をさし込んだ。短い時間でできるだけ簡潔に、事の顚末(てんまつ)を説明した。ちゃんと聞いてくれていたか不安だったが、すぐに返事があった。ちなみに『鈴竹』、意外に美味しい。

「悪いが、キミの友人を助ける暇はない。察しているだろうが、いまはただでさえ担当編集が直接家に来るほど原稿を催促されている状態だ」

「あゆみちゃんを私、放っとけやん。一緒に来てくれる大人が欲しいんよ。今日の午後、ちょうど集会が開かれるって。場所はもう聞いてる」

「キミにとっては大事な友人でも私には赤の他人だ。その危機回避倶楽部とかいう宗教団体にハマったのがキミだったのなら、私も迷わず様子を窺(うかが)いに行く。必要となれば助ける。だけどキミはいま安全で、『鈴竹』を美味しそうに食べている。この席から立つ義理はないし、興味もそそられない」

一番の理由はそれだろう。色々言葉を並べていたが、ひづるの本音はやはり最後の説明につきる。興味がそそられない。そこが動かない限り、ひづるを外には連れ出せない。ベストセラーのミステリ作家の興味を抱かせるのは、なかなか一筋縄ではいかない。

こうなったら多少強引な手を使うしかなかった。

「パパに一人で行くの、昨日電話で止められてん。でもあゆみちゃんを放っとけやんから、ひづるちゃんが来てくれやんのやったら私、一人で行ってまうかもなぁ」

ぴたり、とキーボードを叩いていたひづるの手がそこで止まる。

「……竜之介（りゅうのすけ）に話したのか」

「パパは私がひづるちゃんに頼ったのに、断られて一人で危険かもしれやん宗教団体の拠点に向かったらどう思うかな？」

「万が一引き受けても、竜之介は私に責任を転嫁するだろう。そんな危ない場所に娘を連れていくな、と」

「つまり私がここに来てひづるちゃんに話を持ちかけた時点で、ひづるちゃんが怒られることは決まってしもたな」

怒らせたかもな、と少し思った。だがひづるは、にやりと口角を上げて言ってくる。

「少し見ないうちにズル賢くなったな。口が上手い」

たたみかけるならここだった。

「あゆみちゃんは私よりも口が上手いし、賢いよ。そんな聡明な子がハマる宗教団体の教祖、どんなひとか気になれへん？」

「聡明さは関係ない。心に隙を持っている人間なら誰しもハマる可能性がある。私は別に理学部の学生が宗教にハマったと聞いても驚かない」

「ハマった宗教の教祖が、未来を予知できる人間だとしても？」

「……ほう？」

餌（えさ）に食いついた。確かな感覚。一番興味がそそられるであろう内容は、実はいままで明かしていなかった。

「その教祖は未来予知ができると主張しているのか？」

「ミスター・レイ。そう呼ばれてるみたい。信者も確実に増えてるし、もしかしたらほんまに予知能力者なんかも」

「どうしてそれを早く言わない」

いまにも好奇心と書かれたブースターを背負って、ひづるは飛び出すかに思えた。だが直前、「原稿が……」と、立ち上がるのを躊躇（ちゅうちょ）する。波稲はとどめの一言を投げる。

「原稿、先週から止まっとるよね？　いま開いてるワードファイルの文章、この前遊びにきたときから進んでへんやん」

「こ、これは前の部分を加筆している最中だ」

「ノンブルの番号も変わってないのに？」

「……厄介だな、キミの映像記憶能力は」

　授かった才能をここで活かさない手はなかった。波稲が二個目の『鈴竹』を食べ終えたところで、ひづるがとうとう席を立ち、ジャケットをつかんだ。

「取材に行くとしよう」

　ひづるが答える。

「ミスター・レイが本物の予知能力者か、確かめる」

2

　目的の駅を降りたあと、線路を横目に見ながら坂道を登っていく。あゆみから伝えられた危機回避倶楽部の集会場所までは、あと五分ほどで到着する予定だ。九月も終わりに近づき、蟬の声もめっきり聞こえなくなり、最近は涼しいと感じる日も増えていたが、それでもいくらか汗をかく急勾配だった。

　ある程度の高さまで登ると、東京の町が一望できた。空間という空間を余すところなくすべて使いきろうとするかのような、この雑多な光景にも慣れてきた。上京してきた頃は、島にいた頃とあまりの情報量の違いに圧倒されていた。

歩いていると、ポケットから何かが落ちた。あわてて拾うと、昨日買った食券だった。捨てるタイミングもなく、いまも持ち歩いていたのだった。

「なんだそれは」

「あゆみちゃんと食べたときの食券。二人の食券番号を合わせると、ロジスティック写像のファイゲンバウム点の数値になってるの。3．56995」

「どこかで聞いたことあるな。確か、カオス理論か？」

「うん。予測不可能性を示す一例としてロジスティクス写像の話が出る」

「予測不可能性。つまり、未来の断定は不可能だとする理論。未来を把握するには現在までに起こった事象のすべての情報、つまり初期条件を把握している必要がある。それができる者は存在しないから、未来の断定も不可能となる」

ミスター・レイはそれを可能にする。いったいどういう仕組みで？　同じことを考えていたのか、ひづるがさらに早足になった。好奇心が抑えきれなくなっているようだ。

「あゆみちゃんは私のこういう数字遊びにも、ちゃんと付き合ってくれる友達」

「……なるほど。いい友人のようだな」

坂道を登りきった先、三角屋根の邸宅が見えてくる。地図ではそこが目的地であると示していた。だがもし途中で地図を失っても、いずれここにはたどりつけていただろう。わかりやすい目印が、邸宅の周辺で声を上げていたからだ。

「あれは……」

二〇人以上の男女が邸宅を取り囲んでいた。なかにはプラカードを掲げているものもいる。さらに近付くと、叫んでいる内容が聞こえてきた。

「娘を返せ！」「ここの宗教はインチキだ！　偽物だ！」「お父さんを返してください！」「目を覚まして！　帰ってきてくれ！」「教祖と会わせろ！」「返せ！　家族を返せ！」

返せ、と反復し続ける。危機回避倶楽部に入会した友人や家族、恋人がこのなかにいるらしい。邸宅から抗議する人々に反応する様子は一切ない。固く閉じられ、強固で頑丈なつくりを思わせる石壁が声をむなしく跳ね返している。

「すごいひと……」

意を決し、抗議する人々の間をかきわけ、ひづるたちは閉じられた門の前までたどりつく。門の近くには『不法侵入は通報します』と、張り紙が目立つように貼られていた。張り紙の横にはインターホンが設置されている。

「おいきみたち入っちゃだめだ！　騙されてる！　信者になっちゃだめだ！」

ひづるたちに気づいた何人かが、声をかけてくる。善意で警告してくれているのだろう、彼らの必死さが伝わってくる。波稲がまともに取り合おうとしている横で、ひづるは声を無視してインターホンを押そうとした。マイクから女性の声が聞こえてきたのは、インターホンを押す直前のことだった。

「お待ちしておりました。お入りください。部外者を入れぬようお願いします」

マイクが切れると、すぐに横の小さな通用門の鍵が開く音がした。ひづるとともに素早く移動し、扉を開けてなかに入ろうとする。

「待て！　娘に会いたい。一緒になかに入れてくれ！」

波稲たちに続き、次々と人が入ろうとしていた。なかに飛び込むと同時、ひづるが扉を閉める。門を叩く音が何度か鳴ったが、強引に入ってこようとする者はおらず、それからあきらめたように、また抗議を再開していた。

「彼らには悪いが、目的の人物と会うことが重要だ」ひづるが言った。

先を行くひづるに波稲も続く。砂利の敷かれた道を抜けた先、木々に囲まれた邸宅があらわれる。玄関口に一人の女性が待ち構えていた。

「こんにちは」と、か細い声。インターホンから聞こえた声と同じだった。ベリーショートの茶髪。身長は高く、ひづると同じくらい。

挨拶を返す暇もなく、女性が深くお辞儀をしてくる。紺色のシンプルなワンピース。ファッショナブルというよりは、どことなく宗教色を感じさせるデザイン。

「お二人がいらっしゃるのをお待ちしておりました。『危機回避倶楽部』の主、ミスター・レイの補佐をしているミサキと申します。お二人をご案内するよう、ミスター・レイから言い付かっております」

「ミスター・レイは我々が来ることを知っていたと？」

ミサキが顔を上げる。表情を変えず、淡々と告げてくる。

「はい。彼はあなたがたが来るのを予知しておりました」


高さが波稲の身長の何倍もある玄関扉を開き、案内役のミサキに続いてなかに入る。玄関口に靴を脱ぐ場所はなく、土足で進んでいく。大理石の床を、コツコツと、パンプスを履いたひづるとミサキの靴音が響く。スニーカーの自分には出せない靴音に、なぜか少し、置いていかれたような気持ちになる。

「ここは私と主人が住んでいる邸宅です。会員の方の集会場としても使われています」

「主人？　……ということはキミとミスター・レイは」

「はい。夫婦です。危機回避倶楽部は私と主人の二人でつくりあげたものです」

ミサキは波稲たちの反応を確認する様子もなく、無表情のままひたすら案内という役割をまっとうし、歩き続けていく。

やがて立ち止まり、結婚式場を思わせる、重厚なつくりの扉の前にたどりついた。ミサキは二人が扉を開けられるように譲る。ひづるが一歩進み、扉の取っ手を握った。

開ける直前、ひづるが言ってきた。

「波稲。一応、信者たちの顔をよく見ておいてくれ」

「え？　あ、うん。わかった」

意図はわからなかったが、とりあえずうなずいた。

そしてとうとう、ひづるが扉を開ける。

「ようこそ！」

大きな声と、それから拍手とともに出迎えられた。大学の教場ほどの広さの部屋で待ち構えていたのは、二〇人ほどの男女。左右に一列ずつ並び、二人を歓迎してくる。異様な空気にのまれそうになりながら、そのなかにあゆみがいるのを波稲はすぐに見つけた。

「手厚い歓迎だな」

眉一つ動かさず、ひづるは無表情で躊躇なく進んでいく。あわてて波稲も続く。

列を通り過ぎた先、円卓に座る一人の男性がいた。肩までかかる長い黒髪。こだわりのありそうな形のあごヒゲ。それから大きな瞳。まばたきもせず、笑顔で立ち上がる。胸元のペンダントとパッチワーク柄のスーツが派手に目を引く。

円卓の真ん中には大きな楕円形の鏡が貼られていた。何かに似ているなと思い、考えているうちに声をかけられた。

「ようこそ危機回避倶楽部へ。ここの主のレイと申します」

「私は南方ひづる。あなたがミスター・レイか」ひづるが応える。

ミスター・レイがひづるから顔をそらし、信者の列のほうを見る。「あゆみさん」と、その声が呼ぶのと同時に、即座にあゆみが飛び出して近づいてくる。これまで見たことのない恍惚とした表情。これだけ近くにいるのに、波稲とまだ目を合わせようとしない。

「あゆみさん。あなたが昨日話してくれた南方波稲さんで間違いないですね」

「はい！　その通りです！」

そこで信者の列から拍手が起こる。なぜそこで盛り上がるのかわからなかった。自分とひづるだけがいま、この空間の空気から、明確に隔絶されている。

ミサキがタブレット端末を持ち、こちらにやってきたところで、信者たちが歓声を上げた理由をようやく知ることになった。

「ミスター・レイはあなたがたが来るのを予知されていました。証拠の記録映像がこちらに。つい二時間前、ここで行われた予知の映像です」

タブレットをタップすると、映像が再生され始める。すぐ近くにある円卓を、信者とミスター・レイが囲んでいる。真ん中に貼られた楕円形の鏡を、信者たちが凝視している。ミスター・レイは一人天井を向いていた。映像から目を離し、波稲も天井を見ると、同じ形の鏡が貼り付けられているのに気づいた。

映像のなかでミスター・レイが喋り始める。

『クロノスの目が今日も我々の身近に起こる出来事を教えてくれます。過去は未来に。未来は過去に。今日は未来をのぞいてみましょう』

目。そうだ、目だ。円卓と、その真ん中にある楕円の鏡。これは目を象っている。天井にもまったく同じものをつくっている。ちらりと顔を向けると、ひづるは映像に集中していた。一秒も見逃さず観察しようと努めていた。自分もそうするべきだ、と波稲は気を取りなおす。ミスター・レイの矛盾を指摘できる何かがあるかもしれない。もし見つけることができれば、それはあゆみを解放させることにもつながる。

ミスター・レイは、胸元にある楕円形の石がついたペンダントの前に両手を持っていき、輪をつくる。正面から見る映像では、それが「目」を象ったポーズであることがわかる。これも儀式の一部らしい。

『ああ、視えます。二人の女性がここにやってくる。一人は少女ですね。赤のパーカーに白のTシャツ。カタカナで「パリジェンヌ」と書かれてますね。それにジーンズ。スポーツブランドのスニーカー』

『波稲だ！』

あゆみが叫ぶ。衝動的に立ち上がったことを恥じて、すぐに席に座りなおす。波稲は予知と一致した、自分の服装に視線を落とす。ジーンズやスニーカー、パーカー程度ならあてずっぽうでも不可能ではない。だけどTシャツ。「パリジェンヌ」と書かれたこのTシャツは、潮からのお下がりでもらった特別なシャツだ。彼はそこまで言い当てた。

『あなたの友人ですか？』

『そうです。昨日、ここの話をしました』

『あなたの友人は、長い黒髪の女性とやってきます。スタイルの良い方だ。服装は黒のタンクトップに灰色のセットアップ、黒のパンプス。それにカバンを一つ』

波稲と同じように、ひづるの服装もぴたりと一致していた。すべて当てられている。どうしてこんなことが。

『みなさんで二人を歓迎しましょう。間もなく来るはずです』

映像がそこで停止される。拍手がそこでまた起こった。そのなかで、あゆみは誰よりも大きな音を立てて拍手をしていた。

「これが二時間前であるという証拠は？」

ひづるがそう訊くと、どうぞ、とミサキがタブレットを差し出してきた。ひづるが操作するのを波稲ものぞく。録画データのプロパティを開くと、録画の開始日時が確かに二時間ほど前になっていた。

「違う。インチキや！」

波稲が言う。

「プロパティの日時なんか簡単にいじれる。いまさっき撮ったばっかりで、会員たちを使て私たちを監視してたんだ。時間はあった。たとえば、邸宅を眺めていた間とか。こんなことで騙せると思わんといて」

「稲ちゃん」

波稲の言葉を止めたのはあゆみだった。

「落ち着いて、稲ちゃん。このひとの力は本物だよ」

「あゆみちゃんこそ、目を覚まして。騙されちゃだめ。一緒に帰ろう」

「おやおや」と、ミスター・レイが割って入ってくる。あまり近づかせないためか、とっさにひづるが動き、自分を隠してくれた。

「親しい学友の仲が壊れてはほしくない。よろしい、もう一つお見せしましょう」

どうぞこちらへ、とミスター・レイが円卓のほうへ案内してくる。会員たちが円卓の席を二つ分開けてくれようとしたが、波稲もひづるも首を横に振って断った。距離を取り、ミスター・レイの行動を観察する。

円卓にそなえつけられた鏡を会員たちが注視する。ミスター・レイが続けて天井につけられた鏡に視線を上げ、全員が引っ張られていく。

「過去は未来に。未来は過去に。危機回避倶楽部ではこれから起こる危機を事前に回避することを目的としています。よって使う力は予知が基本ですが、私の力はそれだけではありません。普段はあまりお見せしない、過去視を行ってみましょう」

天井を向いたままミスター・レイが動かなくなる。まばたき一つしない。映像のなかでは、彼は円卓についているほうの鏡を見ていた。どうやら天井についている鏡は「過去」

で、円卓のほうの鏡は「未来」を見通す役割を持つ、ということらしい。

　そして、映像でも見たあのポーズを始める。楕円形の石がついたペンダントの前に両手を持っていき、輪をつくる。

「視えます」

　天井の鏡を見つめたまま、ミスター・レイがつぶやいていく。

「どこかの部屋だ。波稲さんの部屋か、もしくはひづるさんの部屋か。おや、何か食べていますね。お菓子のようだ」

　お菓子。まさか。

「銘菓『鈴竹』と書いてありますね。ふふ、僕も好きなお菓子です。カスタードクリームが美味しいですよね。ああ、波稲さんが二つ召し上がられました」

　そこで天井から視線を外し、ミスター・レイが波稲を見つめてくる。は、と気づき、あわてて口をぬぐって確認してみるが、菓子のクズはついていなかった。

「どうですか、波稲さん。あなたは『鈴竹』を召し上がりましたか？」

「……はい」

「いくつ？」

「……ふ、二つ」

　またしても拍手が起こる。円卓の鏡に映る自分の顔が、恥ずかしさで真っ赤になっていた。横に立っていたひづると目が合う。なんで食べたんだ、と責められている気がした。

だって美味しかったんだもん！　と、心のなかで返す。

「会員のみなさまにもたまに勘違いされますが、僕は未来予知ができるわけじゃない。時間を飛び越えることができるのです。クロノスの目が未来も過去も、すべて教えてくれる。さあ、今日も危機回避を始めましょう」

そこからが集会の本番だったらしく、会員たちが彼に指名してもらおうと、矢継ぎ早に手を上げていく。あゆみの姿もそこにあった。もはや波稲たちのことも見ていなかった。補佐役である妻のミサキは、少し離れた位置から見守り、それを撮影している。

ひづるも動かない。じっとその場で考え事を始めてしまった。いまの過去視に矛盾を見出し、暴いてくれる姿を期待していたが、その様子はなかった。自分も考えないといけない。どうしてあれだけ詳細に部屋のなかの私たちの行動を当てられたのか。

「ひづるちゃん。何か思いつかない？　このままじゃ逃げ帰ることになる……」

「ふむ。仮説はいくつか。だがその前に試したいことがある」

「試したいこと？」

円卓では会員たちとミスター・レイが話し続けていた。手を上げた会員たちが順番に悩みを打ち明け、ミスター・レイが鏡を見ながら、それに応えていく時間が続いていた。

「ミスター・レイ、今週末にも別居中の妻のもとへ謝罪にいこうと思うのですが」

「余計に怒りを買い追い出されているあなたの光景が視えます。まだ時期尚早でしょう」

「ミスター・レイ、子供が学校でいじめにあってまだ引きこもったままです」

「大丈夫。元気に遊ぶ姿が見えます。あともう二か月待ってあげてください」

「ミスター・レイ、次の転職先で上手くいくか不安です。またクビになるのではと……」

「同時期に入ったもう一人の社員と飲んでいる光景が視えます。とても楽しそうですよ」

そんなやり取りが永遠に続くかに思われた、そのときだった。

突然、ひづるがずかずかと、円卓へ歩み寄る。波稲も、少し離れた位置から見張っていたミサキも、彼女の行動に完全に虚をつかれていた。

「南方様！」

ミサキが叫ぶのと、鞄から出したそれをひづるが振り下ろすのは、ほぼ同時だった。

パアアアン、と、けたたましい破裂音とともに、円卓の鏡がこなごなになる。ひづるは使い終わったトンカチを見つめ、満足そうにうなずく。

「なんてことを！」「ああそんな！」「クロノスの目が！」「こんな蛮行許されない！」「もう予知ができなくなってしまう！」「ええええええええええひづるちゃあああん!?」

会員たちが叫び始める。ついでに波稲も叫んだ。

見ると、あゆみもあまりのことに茫然(ぼうぜん)としていた。自分の友達があれだけ悲しい表情ができることを波稲は初めて知った。宗教とは信仰で、信仰とは心の支えだ。ひづるは極めて強引かつシンプルに、信仰の源を破壊してみせた。

「いま私は貴様たちの信仰の対象である鏡を破壊した。会員たちは混乱に包まれてしまっている。危機回避倶楽部なら、この『危機』を予見できたのでは？」

ひづるの投げた質問に、ミスター・レイは素早く返す。

「これは危機というほどではありません。鏡がなくても予知はできる。あくまでも鏡は僕のなかの抽象的なイメージを会員たちに伝えるため、具現化したものにすぎない」

「なるほど、そうくるか。色々わかったので、今日はこれで失礼する。通報したければ好きにすればいい」

ひづるは向きを変え、出入り口の扉を目指していく。波稲もあわてて追いかける。とりあえず、言いたいことがたくさんあった。何よりまだ、あゆみを連れ出せていない。

扉に手をかけたそのとき、ミスター・レイが言った。会員たちのどよめきを一瞬で黙らせる、とてつもない声だった。

「視えましたあああああああ‼」

静寂につつまれた空間のなか、ミスター・レイの声だけが響き渡っていく。

「波稲さん。十字路に気をつけてください。ミラーに映るあなたが何者かに襲われています！　おそらくあなたのファンです。ああ、これは夜だ！　近いうちに起こる。夜道は絶対に出歩かないように。いいですね、絶対ですよ！」

視(み)えまし
たああああああああああ!!

最後のほうはほとんど怒鳴り声だった。本気で焦っている風にも見えた。波稲は返事をせず、そのままミスター・レイと会員たちに背を向けた。扉に手をかけていたひづるがうっすら笑みをつくっていたことを、そのときようやく知った。


外で抗議する人々をかきわけ、邸宅から離れたところで、今度は波稲が吠えた。

「ちょっとひづるちゃん！　なにあれ！　あんなことするとか聞いてなかったけど！　ていうかなんでトンカチ持ってきてんの⁉」

「前に取材で手に入れたものを、護身用に持って来たんだ。役に立ってよかったな」

「どこがや！」

波稲の抗議を、ひづるは飄々と受け止めるだけだった。そしてまっすぐ駅を目指している。どうやら本当にこのまま帰るようだ。

「最後の予知とかほとんど嫌がらせやんな⁉　なんでひづるちゃんの暴走のとばっちりを私が受けやなあかんの！　ミスター・レイめっちゃ脅かしてくるやん！　やっぱああいうひとってプライド高いんやな！」

「それだ」

ぴ、とひづるが指を二本立てて説明してくる。

「わかったことは二つ。一つは鏡を使わなくても予知は可能だということ。本人が言ったように、あれはただの舞台装置に過ぎないのだろう。あそこに仕掛けはない。そしてもう一つ。彼の予知能力はやはり偽物だ。危機回避倶楽部だとかミスター・レイだとかわざとらしい名前を使ってる時点で怪しさ満点だったが、最後の安い挑発に乗ったのが確定的だった。プライドの高さが災い（わざわ）した。あまりにも自分に都合の良い予知だ」

確かに、あの場面で唯一、ミスター・レイは感情的になった。

「じゃあ、私が襲われる予知は偽物ってこと？」

「いや、何らかの方法で実現させてこようとするだろう。そこを逆手に取る。予知のマジックを暴いてさらしてやればいい。大方見当はついているがな」

「結局それ私襲われるやん！」

「退屈なマジックを見せられて終わりかと思ったが、ふふ、意外に面白い展開になってきたじゃないか」

話を聞いていないのか、それとも通じていないのか。どちらでも波稲にとっては救いがない。こうなったひづるの興味がもうおさまらないことも、とっくに理解していた。

「ていうかどうすんの鏡？　あれ器物破損とかにならん？　もしほんまに通報されたら」

「ふむ。可能性はゼロではないな」

一つ考えたあと、よし、とひづるはおもむろにスマートフォンを取り出した。そのままどこかに電話をかけ始める。

続くひづるの言葉に、またしても波稲は唖然とする。

「それなら先に自首しよう」

3

今日は日曜日で講義もなかったので、波稲は明日からの講義で行う実験の準備と別の講義で提出するレポートの作成に時間をあてていた。

昼を過ぎた頃、あゆみからメッセージが一件だけ入っていた。飛びついて確認すると、波稲を心配する内容だった。

『昨日は来てくれてありがとう。ミスター・レイの力はわかったでしょ？　しばらくは夜道を出歩かないで。お願い』

ミスター・レイの力。未来予知と過去透視。あのあとひづるの部屋を確認したが、特に侵入された形跡は見つからなかった。彼の力を解明するにあたっての、現状の最大の謎は過去透視のほうだった。昨日、帰宅後にひづるの部屋で交わした会話を思い出す。

「私たちが外出した直後に侵入して部屋を確認した、というのならわかるが。そんな形跡も見つからない。こうなるといよいよキミが鈴竹を食べたことを当てられた説明がつかない。しかも二個」

「数はええやん」

「いいや重要な要素だ。相手はより明確に過去を描写してみせた。まるで本当に、見ていたみたいに。二個食べていたところを。二個も食べていたところを」

「二個二個言わんといて！　もうわかったから！」

昨日の会話の記憶を振り払い、レポート作成に戻る。さらに時間が経ったところで、お腹が鳴りだした。ストック用の箱からお気に入りのスナック菓子を一袋取り出し、つまみながらパソコンの前に戻る。食い意地はもう張るまいと誓ったばかりなのに、あっという間に一袋食べきっていた。

波稲の脳はさらにエネルギーを要求していた。もう一つ同じスナック菓子を探したが、いまのが最後の一袋だった。どうしよう。ほかので我慢するか。でもいまはこのスナック菓子だけを受け入れる口になってしまっている。

時間を確認すると夕方の四時になっていた。波稲は外出する準備を始めた。

お気に入りのスナック菓子が売っているのは、コンビニチェーン店のなかでも一つだけだった。最寄りにあるコンビニは一度駅のほうまで向かわないといけない。ついでに何か用事を済ませようと歩いていたところで、道の途中に図書館があることを思い出した。レポート作成に使いたい参考文献がいくつかあった。

目的の本はすぐに見つかった。一度に三冊まで借りることができ、もう一冊だけ借りる余裕があった。試しに「南雲（なぐも）竜之介」と検索をかけてみた。出てきた本はすべて貸し出し中になっていた。さすが人気作家だ。

ふと目をやった先に、『言語・コミュニケーション』と書かれた棚があるのを見つけた。もしかしたらと思い、探すと一冊見つけた。『一週間でマスターできる標準語。発音とイントネーションの解説付き』。ここ最近、波稲は東京でできた知り合いや友人と話すときは、標準語を使うように意識していた。というのも、講義のなかで行った実験の研究発表会のときに教授にイントネーションを注意されていたからだ。今後ますます、標準語を使わなければならない機会も増えるだろう。

島のみんなと話したり、親やひづると話したり、感情がつい表に出たりするときは和歌（わか）山（やま）弁に戻る。標準語を身につけていくたび、誰かと話す瞬間、自分のなかで明確な境界線のようなものが引かれていくのを波稲を感じていた。あゆみと話すときはどうだろうか。標準語を使うときのほうが、まだ多いかもしれない。

「よし、これも借りてこ」

三冊目を決めて図書館を出ると、あたりが暗くなっていた。時刻を確認すると七時になろうとしていた。魅力的な資料が多いここの図書館は時間泥棒だ。

『十字路に気をつけてください。ミラーに映るあなたが何者かに襲われています！』

コンビニに向かうまでの間に、十字路はぜんぶで六つあった。波稲は一つずつ慎重に進み、ミラーを確認した。後ろをつけてくる人影はなかった。コンビニの明かりが見えたところで波稲は早足になった。

目的のスナック菓子は残り一袋だった。急いでつかみ、レジに向かった。無事に買えて一息つき、食べたい衝動をこらえて自宅を目指す。地図を確認すると、自宅のマンションまで十字路は五つあった。住宅街の真ん中にあるので、遠まわりしたとしても大して数は変わらない。時間はかかるが十字路の少ないルートで行くか、それとも最短距離で十字路の多いルートで——

「ファイゲンバウム点！」

背後で叫び声がして、振り返ると男性が立っていた。黒いジャージに身を包んでいる。帽子を深くかぶり、顔がよく見えない。そして震えるその手が家庭用包丁を握っていることに、波稲はすぐに気づいた。

男がジャージのポケットから何かの紙切れを出してくる。

「見て！　見て！　この病院の受付番号が３５６番なんだ！　こっちは牛丼店の食券で９９番！　これは処方箋の受付番号で５番。ぜんぶきみがファイゲンバウム点を投稿した日に僕も入手していた番号だよ！　同じ！　これって運命！」

男の手から紙がこぼれおちていく。しわくちゃになった受付番号や食券が、風に吹かれて波稲の横を通り過ぎていく。映像記憶でとらえたその目で、男の持っていた番号が確かに一致していることを確認する。

「あ、そっか。襲われた瞬間が十字路なだけであって、出会う場所は別に十字路じゃないんや……」こんなときなのに冷静につぶやく自分がいた。

男が叫び、向かってくると同時に波稲も走り出す。体が妙に重い、と思ったら、図書館で三冊も本を借りていた。

一つめの十字路を通り過ぎたところで足がもつれた。転びかけた体を起こし、走り続ける。男が距離をつめてくる。叫び声がさらに近くなる。

「運命だよね！　これって運命だよね！　僕ら一緒になるべきだよね！」

運命、運命、運命、と叫ぶカオスにまみれた男が、さらにスピードを上げてくる。二つめの交差点に差し掛かったところで、男の足が波稲の靴に当たった。お互いに体勢を崩し、そこでとうとう立ち止まる。

「……あ」

足が動かない。男の頭上、ミラーに映る自分が完全に固まっていた。

包丁を突き出し、男が突進してくる直前、波稲はとっさにスナック菓子を盾にした。目をつぶり、衝撃にそなえた。

鈍く、誰かの倒れる音がした。だが自分の体が倒れた感覚はなかった。そっと目を開けると、包丁男は、スーツの男性に取り押さえられていた。

「警察だ。脅迫罪および暴力行為等処罰法違反で現行犯逮捕する」

「け、警察⁉」男の声が裏返る。暴れようとするが、警察の男性は膝を男の背中に乗せて拘束し、逃れないようにする。

ミラーを見ると、電信柱の陰からさらにもう一人、近づいてくるのが見えた。

「キミ、盾にするならスナック菓子じゃなくて、本の入ったリュックのほうだろう」

「ひづるちゃん！」

姿を見つけて、そこでこらえきれなくなり、とうとう抱きついた。勢いが強かったのか、少しだけひづるがよろめく。最後にはしっかり受け止めて、ひづるはなだめるように、波稲の頭を撫でてきた。

「すまなかったな。やはり少し無理をさせてしまった」

「ううん、この作戦の話に乗ったん私やし。でも怖かった！　ほんまに近くにいてくれてんのかわからんかったし！」

「ちゃんと見てたよ。なるべく自然に過ごしてもらう必要があった。連絡を取りすぎればこちらの作戦が勘付かれる可能性もあったから」

実をいえば作戦の直前、興奮の冷めたひづるから、やはりやめるべきでは、と中止を提案されていた。しかし最終的に、決行を決めたのは波稲本人だった。

「作戦は面白かったけど、もうやりたくない」

「今度何かお詫びをしよう」

ということで、とひづるは振り返り、取り押さえられた男のほうへ向かっていく。波稲もおそるおそるついていく。警察の男性が、近づくひづるに気づいて顔を上げる。

「静寂島(しじま)警部、ご苦労だった」

「どうも」

静寂島警部。ひづるの知り合いである警察関係者の一人。何度か事件解決に貢献し、それ以来交友を持っている。どれくらいの数の事件解決に貢献したのか波稲は詳しく知らないが、電話で連絡を取ればかけつけてくれる程度には、信頼関係があるのだろう。

自首をしよう、と昨日ひづるが言っていたことは、半分は本当で、半分は冗談だ。襲われる可能性のある波稲に張り込み、ボディーガードとして協力してくれるよう、事前に頼み込んでいた。

「先生の言う通り、本当に犯行が行われようとしていた。いったい今度は何に巻き込まれてるんですか?」

「あとで詳しく話してやる。それより男と話せるか?」

「応援が到着するので、それまでの間は」

ひづるが男の前にしゃがみ込む。目を合わせたくないのか、男は顔を伏せる。ひづるは男のかぶっていた帽子を乱暴に取る。

「包丁男、貴様の未来は刑務所のなかだ。ミスター・レイにもそう伝えておくんだな。私のプロット通りならお前は会員のなかの一人だ」

　波稲が近づく。

「予知の力の正体は至極単純。マンパワーだ。あの男が予知をする。それを叶えるために忠実な信者である会員たちが動く。少々退屈なシナリオだが、現実とは残念ながらたいていそういうものだ」

　集会場に入る直前、波稲に会員の顔を覚えておけと指示したのは、これが理由だった。仕掛けてくるとすれば会員の誰か。捕えたとき顔を記憶すれば、それが証明できる。

　波稲が男の顔を確認する。記憶のデータベースのなかから、会員のメンバーと男を照合していく。これで解決すれば、あゆみも目を覚ましてくれる。

「……違う」

「なに？」と、ひづるが振り返る。

　男の顔を再度確認する。

　間違いなかった。生まれて初めて見る顔だった。

「このひと、会員じゃない」

マンションに戻ると、ひづるは靴を脱ぎ散らかし、早足でリビングに向かっていく。何か急ぎの用事でもあるのだろうか。波稲は自分の靴と一緒にひづるの靴もそろえ、ゆっくりついていく。

「ひづるちゃ……ってぎょわ！」

リビングに入ると、視界の端に逆立ちをするひづるが飛び込んできた。一瞬だけ驚いたが、波稲はすぐにそれを受け入れ、近くのローテーブルの前に腰かけて一息つく。

集中して物事を考えたいとき、このミステリ作家が逆立ちをするのを波稲はこれまでも何度か見ている。きっかけさえあれば場所を問わず逆立ちを始めるので、一緒に行動するときは気が気でないのだが、今日はひづるの部屋だったのでほっとしている。

途中、ひづるのスマートフォンに電話がかかってくる。彼女は逆立ちをしたまま器用に電話に出ていた。

「なるほど。報告ご苦労。何かあればまた知らせてくれ。何？　話を聞かせろだと？　やかましい。いま私は集中状態に入っている最中だ。これで失礼する」

静寂島警部から来たらしいその電話を、一方的に報告だけ聞いて切っていた。ひづるは逆立ちのまま波稲に伝えてきた。

「刃物男の素性を現在調べているそうだ。自宅も捜索するらしいが、私の予想では危機回避倶楽部につながるものは見つからないだろうな。ちなみに男が持っていたあの刃物、玩

具だったらしい」

玩具。つまり傷つけようとする意思はなかったということか。いま思えば、どこか強引につくられた不審者像というイメージがあった。誰かに指示されていたのだとしたら。

「刃物男はやっぱり従順な会員で、たまたまあの集会場にいなかっただけなんじゃ？」

「それも考えたが、おそらくあの場にいたのが会員のすべてだろう。根拠は円卓だ」

「円卓？」

「円卓に座っていた会員たちは、向かい合う相手が対角線上になるよう収まっていた。一人増えても、一人欠けても成立しない配置だ。あの円卓は舞台装置でありながら、会員の適切な数を示す指標の役割も示しているとみえる。会員は二〇人ほどだったか？」

「えっと……うん、二四人。ミスター・レイを入れて二四人。会員は二三人」

「あの胡散臭い宗教団体が存続できる適度な人数。それが二三人なのだろう。それ以上増えても、減ってもいけない。増えれば噂が広まり批判や炎上騒ぎになる。減れば団体の運営に打撃をこうむる。だから二三人と決めて、あの円卓を用意した」

「刃物男は、だから会員じゃない」

けど、と波稲は続ける。

「そんな周到な運営をするイメージがなかったけどなぁ。ミスター・レイとか、危機回避倶楽部とか、クロノスの目とか、ダサさ満載のネーミングセンスを披露するような宗教だよ？　あと二三っていう数字がソフィー・ジェルマン素数だし安全素数だし色々と縁起が良くてなんかハラたつ」

「縁起が良いかはともかく、面白くなってきた。ふふふ、いいぞ、退屈なシナリオから逸脱してきている」

逆立ちするひづると会話を続けると、なんだか酔ってくる。ちらりとそらした視線の先の壁時計は深夜を告げていた。そろそろ帰ろうと立ち上がったところで、波稲を呼び止め、ひづるが言ってくる。

「今日は泊まっていけばいい。怖い思いをしたんだ」

「……そう？　なら家に帰るの面倒くさいし、そうしようかな」

実をいえばひづるの提案がうれしかった。気をゆるめば思い出して泣きそうになったが、我慢した。ここで挫ければ、向こうの思う壺だ。

「確かに怖かった。けど、こんなことを平然と仕掛けてくるやつのところに、友達を置いておくことのほうが、よっぽど怖いよ。あいつをけちょんけちょんにしてやりたい」

ふむ、とあいづちを置いたあと、ひづるが答えてくる。

「あいにく、私はキミのような正義感は持ち合わせていない。だが私の個人的な興味である『予知能力の手段を暴くこと』がキミの望む結果につながるのなら、幸いだ」

「……ふふ、ありがとう。ひづるちゃんはなんだかんだ、やっぱりやさしいね」

「礼などいい」

どこまでも不器用で、そしてブレないひづるの言葉に、波稲は素直に励まされる。


三日ほどあゆみと連絡がつかなくなっていた。大学で会えるかと思ったが、彼女は姿を見せなかった。心配になり、とうとう一人ででも危機回避倶楽部の集会場である邸宅を目指そうかと思ったとき、駅前のカフェで会わないかとメッセージが送られてきた。

待ち合わせ場所のカフェであゆみは先に待っていた。何も注文せず、水だけが机に置かれていた。集会場で前回会ったときよりも頬がこけていた。クマもできている。明らかに様子が変だった。

「ごめんね稲ちゃん。突然呼び出して。あれから話してなかったから、ちょっとだけ顔見たくて。でも私、あと五分で次のバイトなんだ」

「……もしかして、バイト、増やしたの？」

あゆみが自分の手元を見て指を順番に折りたたんでいく。一つ、二つ、三つ、やがて数えるのをやめて、弱々しく苦笑した。

「会員費がね、来月から少し上がっちゃうの。だから頑張らないと」

「でも、もう三日も大学休んでない？　学科試験も近いし、このままじゃ単位も……」

「大丈夫。危ないときはあのひとが教えてくれる」

「あゆみちゃん！」

立ちあがろうとした彼女の腕を、思わずつかむ。助けないと。無理やりにでも止めないと。気が急いて、思いばかりが空回る。せっかくつかんだ腕も、簡単に振りほどかれてしまった。どうでもいいことなのに、そのときなぜか食券のことが頭をよぎった。二人で見つけた数字。カオス理論。

「行かないであゆみちゃん。私が証明してみせるから。未来予知なんて存在しない」

「稲ちゃんは、神様って信じてる？」

「は、え？　神様？」

「サンタクロースとかはどう？　誰もが一度は信じるよね。そしていずれいないと知る。だけどみんな、いないとわかったあとも、その嘘を必死に守ろうとするでしょ。ひとは根本的に、何かを信じたがる生き物なんだよ」

あゆみは続ける。ぼやけていたその瞳に、初めて生気が戻っているように見えた。彼女の心にいま、触れていた。

「無条件に信じられる何かがほしい。安心して身をゆだねられる存在が欲しい。そういう人間だっているんだよ。求める人間と求められる人間。私と稲ちゃんはそこが違う。人気があって何かを求められる側の人間に、私の気持ちはわからない」

つきはなされていく。遠ざかっていく。

「最近さ、自分の個性を発揮しようとか、主体性がどうとか、自由がどうとか、縛られるなとか、そういうこと言う風潮が流行ってるよね。私あれ、嫌いなんだ。不自由でも縛られていても、個性を失っても、主体性なんかなくても、安心なら私はそれでいい。ねえ、良いこと教えてあげるよ稲ちゃん。信者も、会員も、ファンも、フォロワーも、本質はみんな同じなんだよ。みんな等しく、何かを信じて身をゆだねてる」

波稲は何も返せない。かける言葉が、見つからない。

去り際、あゆみは最後にこう言ってきた。

「あのひとの未来予知がたとえ偽物だとしても、私はいま幸せだよ。幸せでいることって、悪いことなのかな?」


席を立てないでいる波稲の向かいに、ひづるが座る。大きなチョコレートソフトクリームが乗ったパフェを持ってきて、その場で食べ始める。一口欲しいというと、差し出してくれた。

「あゆみから何か新しい情報でも引き出せるかと思ったが、成果は得られなかったな」

「ひづるちゃん。私、何も言えなかった」

「当然だ。彼女が主張していたのはただの正論だからな。返したところで無意味だし、そして正論が建設的な何かを生んだところを、私は見たことがない。彼女はキミに愚痴を吐き出したんだ。正論と愚痴というのは、実はとてもよく似ている」

みんな何かを信じたい。その気持ちは波稲にも理解できる。たとえば自分は両親を信じている。ひづるを信じている。島のみんなのことを信頼している。何かあれば頼れるし、会えば安心できるひとたちだ。だけど、いざというとき助けてくれる相手がいないひとも、きっとたくさんいる。偽物の予知を振りかざし、嘘の安心を提供する危機回避倶楽部は、そういうひとたちを巧みに取り込んでしまう。

「ひづるちゃんは何か信じてるものとかある？」

「もちろんある。たとえばアイデアだ。そばにあればいつだって安心するし、いつも喉から手が出るほど欲しい。『喉から手が出るほど』などと安易な表現を臆面もなく使えてしまうほど、アイデアが欲しい。いつだってそれを求めている」

カフェを出て、駅前のロータリーの人混みを抜ける。あゆみの姿はもちろんもう見えない。

「キミが信じているものは？」

「私はまず、数字でしょ。それから――」

答えようとしたそのとき、車のクラクションがどこかで鳴った。やけに騒がしい気がしていると、通りで何かのデモが行われている最中だとわかった。人々が三列ほどになって通りを歩き、こちらに向かって進んでくるのが見える。横断幕をかかげる者、掛け声に合わせて太鼓を叩く者。安全を確保するために警備隊が近くで待機している。

「デモか。騒がしいな。しばらく道が渡れないかもしれないな」

ひづるの言う通り、すぐにデモの列が目の前を通り過ぎ始めた。男女の声の入り混じる怒号が道を闊歩していく。「温暖化を許すな！」「温室効果ガスをなくせ！」「ＧＨＧをゼロに！」。先頭のリーダーの言葉を、あとに続くメンバーたちが復唱していく。

「別の横断歩道から渡ろう」

ひづるがきびすを返し、歩き出そうとした、そのときだった。

「待って」

ひづるの袖をつかみ、引きとめながら、波稲は目の前を通り過ぎていくデモを観察し続ける。いま、誰かが通った。確かな違和感。

「知ってるひとがいた」

「知ってるひと？　大学の友人か誰かか？」

違う。でも見たことのある人物。それも最近。どこだ。どこで見た。一番の違和感は、見かけたその人物が、一人だけではなかったことだ。複数人に心当たりがあった。どこだ。どこだ。いったいどこだ。

「あ！」

思い出した。どこで見かけたか。

「あのひとたちは――」

波稲が答えようとすると、デモの声がひときわ大きくなる。ひづるが波稲の声を拾おうとかがんでくる。波稲は負けないよう、さらに大きな声で答える。

答えが届いたのか、やがてひづるが、何かに集中するように一点を見つめ始めた。そこからのひづるの行動は早かった。

「ちょ、ひづるちゃん⁉」

こんなところで、と言う間もなく、ひづるはその場で逆立ちを始める。服がめくれあがり、腹が出かかっていたところを、波稲があわてて押さえる。ひづるはすでに集中状態に入っていた。「ミスター・レイ、クロノスの目、危機回避倶楽部」と、つぶやき始める。

「ひづるちゃん！　せめて別のところで！　ここ駅前やから！」

地面すれすれに頭をつけているひづるを見下ろすと、目が合った。気づけば満面の笑みを浮かべていた。

そしてひづるは言った。

「面白いアイデア、閃いたかも」

4

土曜日。波稲とひづるは、再び危機回避倶楽部の拠点がある邸宅に訪れていた。二度目はさらにスムーズに事が進んだ。門の前のインターホンを押すよりも早く、門の鍵が開く音がした。顔を見合わせ、意を決し、敷地内に入る。

「お待ちしておりました」

玄関先ではミスター・レイの妻であるミサキが深く頭を下げて出迎えてきた。補佐役であり、妻であり、そして邸宅を守るたった一人のメイドのようでもある。

例の結婚式場を思わせる、重厚な扉の前にたどりつく。開けると、今度は拍手で出迎えられることはなかった。会員たちとミスター・レイが、部屋の奥にある円卓に座り、二人を待ち構えていた。

ミスター・レイが立ち上がり、仰々(ぎょうぎょう)しくお辞儀をしてくる。波稲と目が合うと、ほっとしたような笑顔を見せた。

「よかった。無事だったようですね波稲さん。あゆみさんから無事だということは聞いていましたが、顔を見られて安心しました」

「……おかげさまで」

少しでも口を開けば、何か余計なことを言ってしまう気がしたので、最小限の返事にとどめた。

ミスター・レイが円卓の鏡をこんこん、と軽く叩く。ひづるによって叩き割られたあの鏡が元に戻っていた。

「新調したんです。特殊な保護フイルムも貼ったので今度はもう割れませんよ」

「安心しろ。トンカチは持ってきていない」

「鏡を再び割りに来たのではないのなら、今日は何をしに？」

会員は警戒するように二人を睨みつけてくる。おもに視線はひづるにだが。そのなかにあゆみがいることを波稲はしっかりと確認する。

「もう一度、予知を見せてもらいたい」ひづるが言った。

「見世物ではないんですがね」

「もしもまた目の前で予知が実現すれば、いままでの非礼を詫びよう。全面的に謝罪する。貴様の求めるあらゆる要求をのむ。裸になってここを走り回れと言われれば、喜んでそうしよう」

「ほう、裸ですか」と言いながら、ミスター・レイの視線がわかりやすくひづるの胸元に向く。それから、冗談だ、と言わんばかりに、すぐに視線をそらす。

「女性にそんなことをさせる下品な趣味はありません。ですがいいでしょう、もう一度予知をお見せします。そして我々があなたに求める条件は一つ。二度とここへは来ないでもらいたい」

「……了承した」

とうとうこれで決着がつく。波稲は心のなかで訴える。待っててあゆみちゃん、もうすぐだから。ぜんぶ終わって、また学食を一緒に食べよう。講義を受けよう。くだらない雑談で、一緒に笑おう。

ミスター・レイが席につく。会員たちが祈るように手を合わせる。天井の鏡と、円卓の鏡、交互に視線を送っていき、例の文言をささやき始める。「過去は未来に。未来は過去に。クロノスの目がすべてを教えてくれる」。そして例のポーズ。ペンダントの前に両手を出し、輪をつくる。

「現在の時間軸に近ければ近いほど、予知の精度は格段に上がります。二分ほど先の未来を今回は見てみましょう。ああ、これですね……」

まばたきをせず、鏡を見下ろし続ける。彼にしか見えていない光景をとらえ、うん、うん、とあいづちをたまに入れる。その様子を見て、見惚(みと)れるように溜息をつく女性の会員もいた。

予知を終えたミスター・レイが鏡から目を離す。こちらに向きなおる彼は、自らの勝ちを確信したように笑みを浮かべていた。

「今日は風が強いですね」

始まる。

「そこの窓に木の枝が当たります。五秒以内に」

その場の全員の視線が、ミスター・レイの指した窓を注視する。庭が見える大きな窓。外では木々が木の葉を揺らしていた。「三、二、一」と、ミスター・レイがカウントしていく。会員たちは期待をするように息を吞む。

「……いまです」ミスター・レイが宣言した。

そして――

一秒が過ぎる。

二秒、三秒、四秒、と過ぎていく。

「…………」

何も起きなかった。いつまで待っても、小枝一つ窓に当たる気配がなかった。

会員たちがお互いに顔を見合わせる。その場をまとう空気が、少しずつ変わり始めるのを、波稲は確かに感じていた。

「と、鳥が飛び立っていきます！　二羽だ、二羽見えました」

会員たちのざわつく声をかき消すように、ミスター・レイが叫ぶ。しかし一〇秒以上待っても、鳥は視界にあらわれない。

「そこの蛍光灯が一本だけ消えます！　老朽化で！」

消えない蛍光灯を見続けながら、会員たちの動揺はおさまらない。一番混乱しているのは、ミスター・レイ自身だろう。ペンダントの前でつくっていた両手の輪が、乱れていく。

崩壊していく。ミスター・レイの予知が。

「壁にかかった時計が……落ちてくる」

弱々しく指さした先の時計は、いつまでも落ちてこない。止まることも、戻ることもなく、先に進みすぎることもなく、時を一定に刻み続けている。

「どうした、予知がどんどん雑になってきているぞ」

ひづるの声に、びくんとミスター・レイの体が跳ねる。混乱するように、きょろきょろとあたりを見回している。ほかに予知できるものがないか、必死に探し、すがっているかのようだった。ひづるがさらに追い詰める。

「ミスター・レイはどうも調子が悪いらしい。ならば私が代わりに予知をしてみせよう」

「え?」と、会員たちの声が重なった。

文言を唱えることなく、円卓と天井の鏡を交互に見ることも、まばたきをせずにどこか遠くの光景をとらえるフリをすることもなく、ひづるは腕を組んだまま、淡々と言葉を発していく。

「窓に小枝が当たる」

瞬間、ぱちん、窓が鳴る。小枝がぶつかってきた音だった。会員の一人が思わず驚き、席を立つ。

「鳥が飛び立っていく」

数秒もしないうち、庭の奥にある塀の陰から、スズメが飛び立っていくのが見えた。会員が次々と席を立ち始める。がた、がた、椅子が動く音が部屋に響く。

「そこの蛍光灯が一本だけ消える。壁にかかった時計が落ちる」

部屋の奥にある蛍光灯が一本だけ消える。驚く間もなく、透明人間が手を離したみたいに壁にかかっていた時計が落下し、部屋に大きな音を立てた。

「ふむ、やってみると案外、楽しいな。それでは最後の予知だ」

会員が茫然とするなか、誰よりも大きく、「は？」と混乱の声を上げたのはミスター・レイだった。彼だけが知っているからだ。自分の用意していたこの部屋の予知の細工はもうないと。ひづるがこれから告げる予知の内容を唯一知っているのは、波稲だった。

「円卓から離れてください！　いますぐ」

波稲の声が響く。最初に円卓から離れる影があった。見ると、あゆみだった。彼女に続き、円卓から次々と会員たちが引きはがされていく。

そして。

「天井の鏡が落ちてくる」

宣言すると同時、ぷつん、と糸が切れるような小さな音が響き、鏡が落下してきた。退避していた会員たちも思わず床に伏せ、衝撃にそなえる。

天井の鏡がそのまま、円卓に激突する。円卓の鏡と天井の鏡が、同時に砕ける。防護フイルムは天井の鏡にも貼られていたらしく、床に激しく散らばっていくことはなかった。

やがて円卓の表面にもヒビが入り、ぐらつき始めたかと思うと、ばらばらと崩れていく。むき出しになった内部は空洞になっていた。見た目よりもずっともろい素材を使っていたらしい。とりつくろった表面が暴かれ、クロノスの目は、完全に形を失っていた。

「貴様が挑発に乗ってくるかが勝負だった」

ひづるが喋り出しても、ミスター・レイは茫然と立ちつくすままだった。長い髪が汗で額(ひたい)に貼り付き、カリスマのある男の姿はもうどこにもなかった。

「もしも予知を断られたらどうしようかと、少しひやひやしたよ。だが無事に上手くいってよかった。この部屋で使える予知がいくつか用意してあることも、予想できていた」

「……………気づいたんですね、すべて」

ああ、とひづるは答える。

「予知の力の源はやはりマンパワーだった。最初は会員たちが結託して実現させているのかと思ったが、そうではなかった。正体は別の集団だった」

出入り口の扉が開く。

予知の正体である、彼らが姿をあらわす。数は男女合わせて一〇人ほど。会員たちがそれを見て身構える。警戒するのも無理はない。危機回避倶楽部の集会に来るたびに、この集団を邸宅の前で目撃しているのだから。

「予知を実現させていたお前の仲間は、抗議集団のほうだったんだ」

大きな溜息が聞こえた。ミスター・レイのものだった。

やがてミスター・レイは髪をかきわけ、耳につけていた小型のイヤホンを外し、床に落とす。ころころと転がり、立ちつくす会員の一人の足に当たる。

「長く伸ばした髪も、イヤホンを隠すための細工だったみたいだな」

「……なぜわかったんです?」ミスター・レイが静かな口調で尋ねる。

「波稲は映像記憶能力の持ち主でね。邸宅の前で抗議を行っていた数人が、駅前で別のデモに参加しているのに気づいたんだ。彼らに接触してみると正体がわかった。雇われたエキストラ。求められた役を演じる集団。予知を実現させていたのは、金の力だ」

無条件にひとが信じているもの。その価値を認めて、信頼しているもの。宗教以外にも一つある。それは、お金。

「金で動くなら話は早い。段取りはすべてエキストラたちから聞かせてもらった。ミスター・レイの三倍出すと言ったら、彼らはすぐに応じた。天井の鏡を落下させる細工まで準備してくれた。手慣れていたよ。付き合いが長いらしいな」

話は早かった。駅前のデモを終えたエキストラ数人に声をかけ、そこからあっという間に交渉が始まった。最初は口を閉ざしていたが、ひづるが情報料を渡すと告げると、彼らは飛びついた。エキストラが信仰しているのは金だった。

出演料という名目でミスター・レイに協力していたことと、その額にまず驚き、躊躇なく三倍出したひづるにも続けて驚いた。

「会員費の半分は彼らの出演料に使っていたようだな。額によっては躊躇なく犯罪に加担するエキストラもいただろう。たとえば、少女をストーカーし襲撃する役とか」

ミスター・レイは黙り、それきり喋らなくなった。会員が数人、ミスター・レイの足元にすがりつき、泣きだした。「嘘だと言ってくれ！　この倶楽部に居続けるためにどれだけ犠牲にしたと思ってるんだ！」。ミスター・レイは会員を払いのけることも、逃げることもせず、ただその場で立ち尽くし、贖罪（しょくざい）のように受け入れ続けていた。

ひづるのほうを向いて、ミスター・レイが言った。

「自首をしたほうがいいですね」

「安心しろ。警察ならもう外に呼んである」

窓の外に、パトランプの赤い回転灯が見えていた。


静寂島警部に付き添われ、ミスター・レイがパトカーの後部座席に乗せられていく。ドアが閉まるまで、彼は一度も会員たちのほうを振り返らなかった。

続いてエキストラたちもほかのパトカーに乗せられていくが、全員を乗せきれず急きょ応援を呼ぶことになった。エキストラたちに動揺の様子は見られず、なかには談笑する者もいて、警察官に注意を受けていた。この手のことに慣れているのだろうか、自分たちの刑罰は軽くなることを確信している様子だった。ひづるが退屈そうに答える。

「業務を委託されていただけで犯罪に加担している意思はなかった、と主張すれば、よほど悪質でない限りは不起訴処分になるだろうな。ま、興味はないが」

会員たちも何人か警察官に先導され、パトカーに乗っていた。被害者の立場として任意の事情聴取に同行してもらうのだと、静寂島警部が説明していた。事情聴取を受けずに帰る会員たちもいて、その列のなかにあゆみの姿があった。

「あゆみちゃん！」

波稲はとっさに追いかけて、呼び止める。あゆみは立ち止まるが、こちらを振り返ってはこない。いま、どんな表情をしているかはわからない。けれど伝えたいことは決まっていた。今日もし会えたら、これだけは言おうと思っていた。

「私はあゆみちゃんを安心させてあげたり、絶対に幸せにしたりはできない。未来は見通せないし、あゆみちゃんの過去もまだ全然知らない」

でも、と波稲は続ける。

「一緒にいることはできる。裏切らないと、誓うことならできる。苦しかったら一緒に悩むし、楽しかったら一緒に笑える。そういうことなら、私、あゆみちゃんとできるよ」

あゆみは応えることなく、そのまま歩きだし、去っていってしまった。波稲もそれ以上、彼女を追いかけることはしなかった。大学でまた、いつもみたいに会えることを信じるだけだった。

戻ると、ちょうどひづるが邸宅に入っていくのが見えた。波稲もおいかける。玄関口を抜け、廊下を進み、あの集会場の部屋へと向かっていく。

「ひづるちゃん。帰らないの？」

「あと一つ用事がある。エキストラの本当の雇い主と話をするんだ」

「え、いまなんて……」

ひづるが室内を見回し始める。そして一人、砕けた円卓の片づけをしている人物を見つけ、歩み寄っていく。雇い主。本当の雇い主。いったいどういうことだ。

近づく波稲たちに気づいたのか、彼女は作業をやめて、顔を上げてきた。

「キミが黒幕だな」

ミスター・レイの妻であるミサキは、静かに笑う。

「初めて話を聞いたときから、ずっと引っかかっていたことがあった。ミスター・レイ、クロノスの目。なぜこれほどわざとらしい言葉と、大げさな舞台装置が使われていたのか。答えは、本質から意識をそらすため。円卓の鏡や天井の鏡を使って『目』をしきりに強調させたのは、ミスター・レイの『耳』に意識を向けさせないため。そこにはイヤホンがあ

るから。そしてもう一つ、『ミスター』などという言葉を使えば、まず一番に男性を想像する。誰も『女性』を意識しなくなる。大げさなネーミングセンスも、舞台装置も、すべて自分を隠すためのミスディレクションだったのだろう」

さっきまで丁寧に片づけをしていたミサキは、話を聞きながら態度を徐々に変えていった。持っていた木片をぽい、と雑に捨て、手の埃を払いながら首を鳴らす。変わるというより、戻るという表現が正しいだろう。彼女はずっと偽っていた。隠れていた。

「ミスター・レイの挙動がたまにおかしくなったり、声が急に大きくなる瞬間が何度かあった。イヤホンでキミからの指示を聞いていたからだな」

「大正解です」

ミサキが淡々と告げる。

「やはりあなたたちを招き入れたのは失敗でしたね。元をたどればあゆみさんを入会させたのが失敗でした。ぜんぶ壊されちゃいました」

「ひょっとして、ミスター・レイもエキストラの一部か？」

「ええ、そうですよ。夫婦というのも嘘です。エキストラのなかでも特に私に好意を寄せていたので、ふさわしいと思って彼を選びました」

んー、とリラックスするように大きく伸びをして、息を吐く。それからミサキはひづるの横を通り、出入り口の扉を目指す。

「パトカーの空き、まだありますかね」

「一つ聞きたいことがある」

ぴた、とひづるの言葉にミサキが立ち止まる。

「波稲が『鈴竹』を食べたことを、どうやって見抜いた？　あの予知だけは、エキストラを使っても不可能だ」

「………」

「答えないつもりか。ならもう少し、わかりやすく訊いてみよう」

ひづるは言う。

「キミは、……本物か？」

長い沈黙があった。

そのまま答えずに、ミサキは去っていくかに思えた。

「私の視たことを一つ忠告として教えておきましょう。南雲先生」

びく、とひづるの体が跳ねる。波稲はひづるのほうを見上げ、目を合わせる。自分は教えていない、と首を振る。ひづるの正体を知っている。一度も明かしていないのに。覆面作家である彼女の正体を知るタイミングなど、なかったはずなのに。

ミサキは最後にこう言い残していった。

「くれぐれもファンには、お気をつけください」

5

週に一度の父への電話で、波稲は無事にトラブルが片づいたことを報告した。ひづるはたまに執筆の手を止めながら、波稲の電話に耳を傾けていた。

「うん、ていうわけやからぜんぶ解決。ひづるちゃんのおかげ。え、うん近くにおるよ。いま部屋にお邪魔してる。だから違うよ、襲われたんじゃなくて襲われかけてん。そう、大丈夫やってば。私そろそろ大学やから、切るね。ばいばい」

電話を終えたところで、ひづるも執筆を再開する。先週とは打って変わり、ものすごいスピードで原稿が進んでいた。

「エキストラを雇って取材費は少しかさんだが、おかげで良いアイデアも降りてきた。今回も礼を言う」

「こちらこそやわ、ひづるちゃん。ほな私、そろそろ行くわ」

「湊あゆみと会うのか」

「……会いたいな、とは思ってるよ。来るかわからんけど」

「そうか。会えるといいな」

うん、と少しだけ緊張した声色で波稲は答える。

玄関で靴を履きかけたところで、そうだと思いつき、波稲はリビングに一度戻った。ひづるが不思議そうな顔をしたが、波稲の用件を理解して、小さく笑った。

「私は食べないから好きなだけ持っていけ」

「えへ、ありがとう。行ってきます」

あゆみと一緒に食べるために、波稲は『鈴竹』を二つだけ持って行った。


一緒に取っている講義に、あゆみはあらわれなかった。昼休みになり、学食に向かうがそこでも彼女の姿は見当たらなかった。あきらめて今日は一人で食べるべきかもしれない。波稲が食券を眺め続けてからすでに三分以上が経っていた。注文していた冷やしぶっかけうどんを待ちわびているからでも、食券番号を見て縁起の良い数字を探しているわけでもなかった。ただ一つのことしか、いまの波稲の頭にはなかった。

「今日は良い数字、見つかった?」

待ちわびていた声が降ってきたのは、そのときだった。

そっと顔を上げると、親子丼の乗ったお盆を抱えたあゆみが立っていた。抱きしめたくなるのをこらえて、「あゆみちゃん」と、笑顔で呼んだ。

あゆみが向かいの席に座る。会話がなく、数秒の沈黙が下りる。話題を必死に探そうとしたけど、出てくるのは最近気に入っている物理演算の公式とか、くだらない数字のことばかりだった。親子丼の卵つながりで卵形曲線の話でもしようかと思ったそのとき、あゆみが言ってきた。

「あの。最近出てなかった講義の内容、もしよかったらノート見せてくれると、うれしいんだけど」

「……！　うん、もちろん！　ちゃんと取ってあるよ」

「ありがとう」

いいんだよ、と波稲は答える。あゆみはもう一度、ありがとうと言ってきた。二回目、三回目と続き、波稲はすべて受け止めた。それから泣いていたあゆみの手を握った。

入学してから、初めてできた友達。たくさん支えてもらった。大学が楽しいと思えているのは彼女のおかげ。だから今度は、自分の番だ。

「せや、今日はデザートもあるんよ」

「デザート？」

「うん。カスタードクリームがなかに入ってて、めっちゃ美味しいの」

信仰よりも、強い絆だった。

名菓『鈴竹』
10個入り2310円（税込）
鈴竹

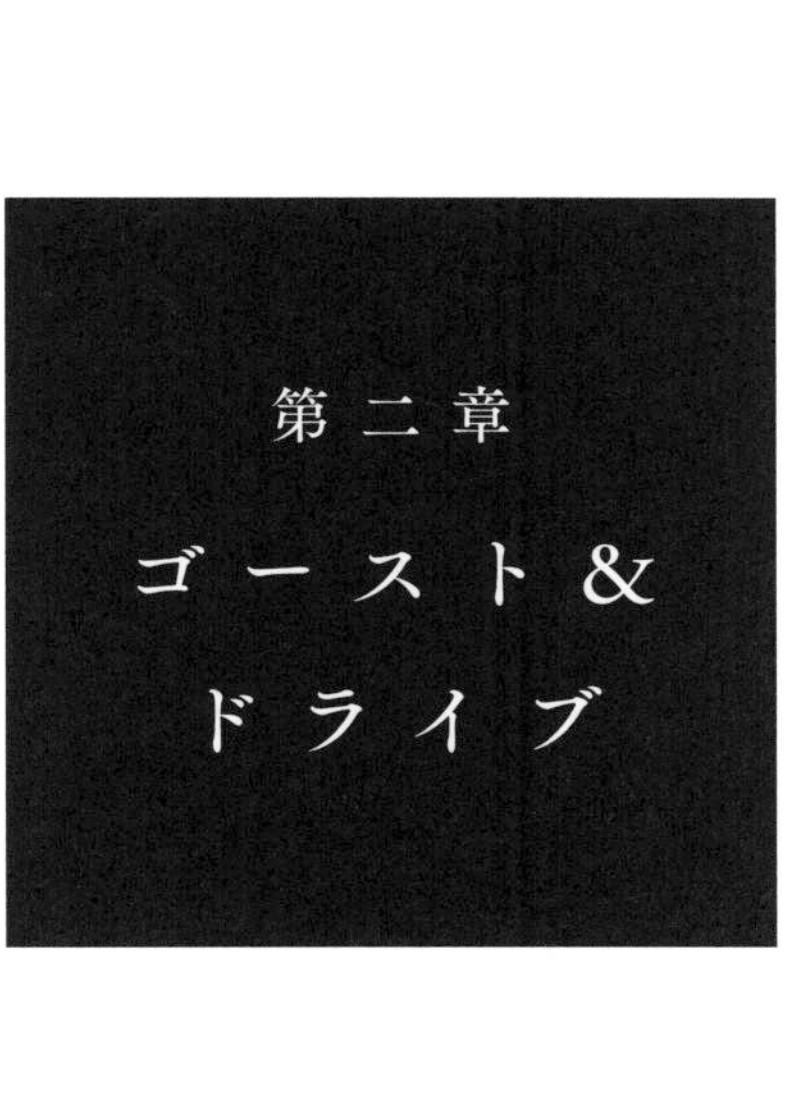
第二章
ゴースト＆
ドライブ

1

亡霊にとり憑かれた車に波稲とひづるが初めて出会ったのは、一〇月に入ってすぐ、休日の昼下がりのことだった。

上野にある国立科学博物館を出たあと、二人は公園内にあるカフェで休憩をとっていた。博物館の入館料やカフェ代はすべてひづる持ちだった。博物館を出たばかりで波稲はいまだに興奮が冷めていなかった。上がったテンションの適切な下げ方がわからず、ついついお土産ショップでグッズを余計に購入してしまった、ちなみにそれもひづる持ちだった。

「連れてきてくれてありがとう！　国立科学博物館、上京してからいつか行こうと思てたんよね」

「危機回避倶楽部の件で、お詫びをするという約束だったからな」

「こんな楽しい日が待ってるんやったら、いくらでも襲われてもええかも」

「竜之介が聞いたら卒倒しそうな台詞だ。襲われるたびキミの部屋がグッズまみれになってもいいなら私はかまわないが」

「えへへ、反省します。ごめんなさい」

買ったグッズの入った袋から図録を取り出し、ひづるがぺらぺらとめくり始める。内容を見返しているのかと思ったら、「誤字だ」と、つぶやく声が聞こえた。まさかの誤植探しだった。

「いやぁよかったな科学館。物理や化学分野の展示もないわけじゃなかったけど、やっぱりメインは生物系やったかな。ちょっと予想と違った展示やったけど、でも興味が引き込まれるようになってた」

「それは何より。ところで、すぐ近くに動物園もあるがどうする」

「標本見たからええかなぁ」

「実物を見てこそ標本と比較ができるというのに。まあいい、ではそろそろ帰るか」

席を立ち、カフェを出る。広大な上野公園内では、さまざまな目的を持ったひとたちが、近すぎず遠すぎない、自然な距離で行き交っていた。それぞれが天体のようだな、と波稲は思った。犬を散歩させる女性。黒のブルドッグに引っ張られて、早足になっている。手をつないで歩くカップル。彼女のほうがちょうど噴き出した噴水を見て指をさす。大道芸を披露する男性は、絶妙な角度で積み上げたブロック塀に登り、見ている子供たちを驚かせている。すぐそばのベンチで新聞を読んでいるお年寄りは、睡魔に勝てず居眠りを始めていた。晴れた天気で、足りないものが一つもない、完璧な休日の午後だった。

「そうだ。来週あたり、網代慎平に会いに行くがキミも来るか」

「え、慎平と会うの？」

「彼がファンレターのなかにレストランの招待券を入れてきた。いま働いているレストランで、厨房(ちゅうぼう)を任されているらしい。味を見極めてくれという依頼だ」

「依頼て……」

島のなかだけに限れば、慎平は南雲竜之介の随一のファンかもしれない。連絡先を知らないわけでもないのに、新刊を出すたび律儀に毎回ファンレターを送ってくると、波稲も前から聞いていた。

「私も行きたい！　東京来たんやし、慎平にも会いたいいって思てたんよね」

「決まりだな」

予定を合わせるためにひづるがスケジュール帳を開く。二人ですり合わせ、日程が決まったところで、見計らうようにひづるのスマートフォンに着信があった。相手を確認することなく、彼女はそのままスピーカーをオンにして電話に出た。

「誰だ」

「僕です。強羅です。あなたの原稿を待ち続けている担当です」

電話を切った。素早かった。一瞬だった。

それからすぐ、また電話がかかってくる。ひづるは無視して歩き続けていたが、なかなか電話は止まなかった。ひづるちゃん、と波稲が苦笑いで説得すると、ひづるは舌打ちして、あきらめたように電話に出た。

「休日くらい休ませたまえ。休む日と書いて休日だ」

「平日も働いてくれないじゃないですか。執筆どうなってますか？　いまどこにいるんですか？　ご自宅にはいないみたいですが」

「いつから編集者の業務はストーキングに変わったんだ。家にはいない。わかったらとっとと手元に持っているその『鈴竹』と一緒に帰れ」

「どうしてわかったんですか。どこかで見てるんですか？　今日の『鈴竹』は少し特別ですよ。もう平凡だとかワンパターンなんてことは言わせません。なんと今日は、なかにあんこが入っているんです！」

電話を切った。さっきよりも素早かった。二度とかかってこないように、今度は電源をオフにしてしまった。

何事もなかったかのように、ひづるは前を向く。

「よかったん？　お仕事の話と違たん？」

「かまわん。あれと話すとこっちまで平凡がうつる」

公園の出口が見えてくる。横断歩道の前で数人が信号が青になるのを待っていた。

「駅はこっちだったな」

「……っ！　待ってひづるちゃん！」

青になり、横断歩道を渡ろうとした瞬間、通りの向こうから、けたたましい音が聞こえてきた。キイイイイ、と、悲鳴のようなブレーキ音だった。その場で固まり、青信号になっても誰も渡ろうとしなかった。

やがて、恐ろしいスピードで曲がってくる黄色の車があらわれた。車線をはみ出し、蛇行運転を続けていた。ひづるが波稲の肩をつかみ、歩道からさらに下がらせてくる。

こちらに近づく前に、車が歩道に乗り上げる。誰かが悲鳴を上げると同時、電信柱に衝突した。思っていたほどの衝突音はなかったが、しばらく周囲は騒然としていた。

「事故か?」

「事件かも」

その二つのどちらであるかの判断がつかず、誰も現場に近づこうとしなかった。事故であれば運転手を救出するべきだろうが、意図的に起こされた暴走行為なら一早く逃げないといけない。近づくべきか離れるべきか。誰も答えを見出せない。

そのときだった。

「助けて!」

電信柱に衝突した車の運転席から、男性の叫び声が聞こえた。真っ先に走り出したのは波稲だった。「待て、波稲!」と、ひづるも追いかけてくる。

波稲が黄色の車にたどりつく直前、再び動き出すのが見えた。バックで抜け出し、そのまま木々の間を抜けて公園のなかに入っていく。

バック走行のまま車が公園内を突き抜けていく。生身の人間が走っても、ぎりぎり追いつけない速度だった。誰かの悲鳴。さっき見たカップルだった。ベンチに座っていたお年寄りが異変に飛び起きる。暴走する車に気づいた大道芸の男性は、子供たちを避難させていた。

車は一人も轢(ひ)くことなく、やがて噴水のある水場に突っ込んでいき、とうとうそこで止まった。大きく後方に傾き、完全にトランク部分が水没する形になっていた。エンジンは止まっていたが、わずかに浮いた前輪が、いまだに空回りをしている。

ブルドッグを散歩させていた女性が、唖然(あぜん)と近くで立ちつくしていた。ブルドッグは車に向かって吠え続けていた。

「波稲、近づくな。様子を見るべきだ」

肩をつかみ、進もうとする波稲をひづるが止める。

「でも、助けてって言ってた。車の制御がきかなくなったのかも」

「演技じゃないと証明できるか。本当に助かりたいならエンジンを切ればいいはずだ」

「エンジンも切れなくなってたんだとしたら？　事故ではないという証明もできない」

「とにかく少し待て。運転手が出てくるぞ」

ひづるの言った通り、運転席からドアを開けて、茶色のスーツを着た男性が出てくる。上手く着地できず、男性はそのまま地面に落ちて転ぶ。車という母体から産み落とされた子鹿のような印象だった。足は震え、上手く立ち上がれずにいた。

「怯えているな。どうやら本当に事故だったみたいだ」

「ほら、助けてあげようよ」

二人が近づいていくと、男性がぶつぶつと何かつぶやいているのがわかった。髪が汗で額に貼り付き、顔には恐怖が刻まれ、完全に余裕を失っている。

大丈夫ですか、と声をかける直前、男性がはっきりとした口調で言った。

「とり憑かれてる……」

「え？」と、波稲。

「とり憑かれてるんだ。こんな車、やっぱり買うんじゃなかった」

「どういうことだ」

ひづるが近づき、男性に説明を促す。その瞳に好奇心が宿っているのを、波稲は見逃さなかった。

震える男性はこう続けた。

「この車は、亡霊にとり憑かれてるんです」

警察と救急車が来るのを待っている間、波稲とひづるは男性を介抱していた。ようやく落ち着いた男性は、坂下と名乗り、ことの成り行きを説明しだした。

「郊外にある中古車販売店で購入した車だったんです。前からずっと欲しかった車で、ようやく購入できる機会がまわってきて」

「そんなビンテージものには見えないが」

噴水に突きささったままの車を横目に見ながら、ひづるが言った。

「それほど価値のある車なのか？」

「ルビー社のシュエット。これは型落ちで割とめずらしくない車種です。ただ、車に根付いた『歴史』をみんな欲しがっていて」

「歴史？」

「フランスのF1レーサーが生前、最後にプライベートで使っていたっていう車なんです。ノア・クストっていう人なんですけど、わかります？」

波稲とひづるは同時に首を横に振る。界隈が違えば、誰かにとっての有名人も、ただの見知らぬ他人だった。とはいえ、この車に根付いた歴史をコレクターは皆欲しがっていた。この坂下という人物もそのうちの一人だったということだ。

「二〇年前、ノアが乗った車が何かの縁で日本に直輸入されてきたんです。日本のマニアがこぞってなんとか手に入れようと躍起になってました」

「その人気がいまでも続いているわけか。二〇年も乗ってよく廃車にならないな」

「コレクターたちが乗るたびに修理を繰り返すわけです。色々なパーツや部品が代わりますが、見た目や重さは変わらないようにするんです」

「で、今回はあなたがトランク部分と凹んだフロント部分を修理すると」

三人でまた、噴水につきささったままの車を眺める。長く見すぎて、波稲にはだんだん現代アートみたいに見えてきていた。環境保護を訴えるインスタレーションとかにありそうだな、と思う。

「それで」

ひづるは一拍前を置いて、坂下に尋ねる。

「とり憑かれている、というのは？」

「…………」

事故を起こした直後にもかかわらず、あれだけ流暢に車の解説をしていた彼が、とたんに口ごもってしまう。

「亡霊にとり憑かれていると、確かに言っていたな。あなたが言っているのはそのノア・クストという人物の亡霊か？」

坂下はまだ答えるのに躊躇している。それを見たところで、ひづるが遠慮をする様子はなさそうだった。ひとが事故でショックを受けているというのに、とり憑かれているだなんて言葉に興味を持つなんて、このひとはまったく不謹慎だと波稲は思った。パトカーのサイレンがかすかに聞こえ始めたとき、ようやく坂下が答えた。

「亡霊の正体はわかりません。けど、購入するとき、ディーラーから忠告を受けました。この車に乗ると、なぜか必ず妙な事故を起こすと」

男が自分の手元を眺める。車の鍵がそこにあった。

「亡霊がとり憑いていて、そいつが勝手に車の運転を始めるんだそうです。半信半疑だったし、もしその噂が本当だとしても欲しい車でした。そして実際に事故が起きた。ハンドルが勝手に動いて、エンジンが止まらなくなりました。噂は、本当なのかもしれない。もうこんな思いはこりごりだ……」

「ふふふ」

こらえきれず、ひづるが笑いだす。

「面白い。とり憑いた亡霊が悪さをする車か。それが本当なら実に興味深い」

「ひづるちゃん。笑いすぎ」

「キミこそ口元の笑みを隠してから言いたまえ」

噴水近くの水面に映る自分の顔を見ると、なんと口元がにやけていた。残念ながら波稲も人のことは言えないようだ。

ひづるが坂下の手から鍵を拾い上げる。奪い返そうとすることもなく、彼は茫然とひづるを見上げてきた。波稲にはもう、ひづるが何を言いだすかがわかっていた。

「細かい契約関係の話はあとまわしだ。いまは単刀直入に申し入れよう。この車を私に譲ってくれないか。いくらでもかまわない。言い値を出そう」

坂下は幽霊を見たような、驚いた顔をした。


後日。坂下と連絡を取り合いながら、ひづるは件の車であるシュエットの譲渡手続きと購入を進めていった。車検証を交付する関係で一度、取り扱っている中古車販売店まで出向かなければならなかった。波稲ももちろんついていった。

販売店は郊外にあり、同じ都内でも県境まで来るとのどかな田畑の光景が広がるのだと、波稲は初めて知った。

「まーた物好きがあの車を買っていくのか。何度も修理されてかわいそうに。いい加減引退させてやれよ」

二人を出迎えたディーラーは、白い無精ひげを生やした七〇代ほどの男性で、キャップに工場作業着という出で立ちだった。誰かに似ていると思って、島の猟師の根津銀次郎だとわかった。見れば見るほどよく似ていた。男の名前は高泉といった。

「車検はいつ終わる?」ひづるが訊いた。

「車検の前に修理だ。一か月ほどかかる。車検の際は立ち会ってもらって、その日のうちに引き渡せる。それでいいか?」

「かまわない」

「亡霊の噂は前に買った男から聞いたか？　説明はいらないよな。というか告知義務もない。事故物件とは違うんだから」

事故物件と聞いて、波稲は上京したばかりのときに出くわした事件を即座に思い出したが、いまは置いておく。あれも幽霊がらみの興味深い事件だった。

「噂はすでに聞いている。亡霊がとり憑いていて、事故を起こそうとするんだろう」

「ここ二〇年で購入した二六人が全員、奇妙なアクシデントが原因で事故を起こしてる。普通だったら即座に廃車だが、コレクターに目をつけられた不運な車だ。お嬢ちゃんたちもその口か？　ほら、なんとかっていうレーサーの」

「ああそうだよ」

ひづるが笑い、適当に答える。

「私たちはＦ１が大好きなんだ」

2

一か月ほどが経ち、とうとう亡霊つきのシュエットがひづるのもとに納車された。販売店に出向き、カーディーラーの高泉とともに最後の確認を行う。ひづるは運転席に座り、説明を受けながら入念に確認していた。波稲は外からそれを見守っていた。よく見るとシュエットは外車で、左ハンドルだった。加えてマニュアル車だとわかった。

「破損したトランク部分と劣化していたエンジン、その他必要なパーツを交換した。総重量は変わっていない。新品同様に走るはずだ」

「リクライニング機能がいかれてるな。クーラーの調節用の翼も欠けている」

「内装に関してはあまりいじってない。コレクターが怒るんだよ。特に運転席は」

「レーサーが座ったという『歴史』が根付いているからな。確認した。こちらは問題ない」

引き渡しのサインを終え、正式にシュエットがひづるのものとなる。波稲も助手席に乗り込み、準備を済ませる。今日はこのまま向かうところがあった。

「シートベルトはいいか?」

「うん大丈夫。あといまさらやけどさ、ひづるちゃんって運転できんの?」

「問題ない、ゴールド免許だ。免許を取ってからこれまでに一度も事故を起こしたこともなければ、一度も交通違反をしたこともない」

「…………一度も運転したこともない、とか言わんよね?」

「するどいじゃないか。洞察力が増したな」

「……………………」

波稲が絶句している間に、ひづるがエンジンをかける。躊躇なく走り出し、そのままスムーズに加速していく。亡霊に襲われる前に自分たちで事故を起こしたりはしないだろう

免許を取ってからこれまでに
一度も事故を起こしたこともなければ
一度も交通違反をしたこともない

……一度も運転したこともない
とか言わんよね？

するどいじゃないか
洞察力が増したな
……

か。言いたいことがいくつかあったが、波稲はあきらめて身をゆだねることにした。

バックミラーをちらりと確認したが、後部座席には誰も乗っていなかった。


販売店を出てまだ一時間だが、車は予想していたよりもはるかに軽快に走っていた。二〇年と聞いていたから、かたかた、と色々なパーツが悲鳴を上げながら走る姿も覚悟していたが、いまでは新車と聞かされても信じてしまうかもしれない。

「でね、そのノア・クストっていうひとはけっこう気性が荒くて、何度も事故を起こしてたみたい。最後には素行不良でライセンスも取り消されちゃって、フランスでは嫌われ者だったたって書いてあった」

ひづるの運転に不安を覚えていた波稲も、だんだんと緊張が解けていき、雑談ができるまでに余裕が戻っていた。ここ一か月、暇を見つけては調べていた、Ｆ１レーサーのことを語って聞かせる。

「死因は交通事故か？」

「この車でスピードを出しすぎて電柱に激突したって、ネットの記事に」

「そういえば私たちが上野で会ったときの男も電柱に激突していたな」

奇妙な縁がめぐり、遠い国の日本にやってきて、いまはひづるたちを乗せて運んでいる車。黄色いシュエット。見た目は可愛（かわい）いが、このなかで確かにひとが死んでいる。

「で、どうひづるちゃん？　何かおかしなことは起こってない？」

「いまのところ普通の車だ。アクセルもブレーキも問題ない。ギアも切り替えられる」

「居眠りしてんのちゃうか、亡霊さん」

「時差の関係でフランスは夜かもな」

冗談を言って二人で笑う。そのとき、波稲の手元にあるスマートフォンのナビが、信号を曲がり高速に入れと指示してきた。同時に笑うのをやめて、目を合わせる。

「……どうする？　ひづるちゃん」

「高速道路で制御不能に陥るのはさすがに危険だな。念のため一般道で行こう。広い国道もなるべく避けるルートを頼めるか？」

了解、と答えて再検索すると、一時間ほどでつくと案内が出た。時間は少し延びるが、お昼時には間に合いそうだった。

今日は御馳走が待っている。


目的まであと一〇分の距離になると、目の前が開けて海岸線があらわれた。何も言わず二人とも窓を開けた。秋の涼しい風に乗って潮の匂いが運ばれてくる。幼い頃からずっとそばにあった潮風。そういえば上京してから、海を見ていなかった。

「やっぱり海ってなんか落ち着くよね。日都ヶ島で見る海とちょっと似てると思わん？」

「成分的にはそう違わないだろうな。水と塩分。塩分の構成は塩化ナトリウム、塩化マグネシウム、硫酸マグネシウム、硫酸カルシウムに塩化カリウムに――」

「ひづるちゃんにノスタルジアを期待した私が馬鹿やった」

「もうつくぞ。ドレスコードはないらしいが、海風で乱れた髪くらいは直しておけ」

窓をしめて、スマートフォンの自撮り機能を使いながら言われた通りに髪を直す。直し終え、ちょうどスマートフォンからそらした視線の先に、目的地のレストランが見えてきた。車が減速し、店の駐車場に入る。適当な場所を見つけて停止し、エンジンを切ると、二人同時にふうと息をついた。

「やっぱり起きないね。亡霊のいたずら」

「取材を始めてまだ一時間弱だ。とりあえず昼食を取ろう」

車を降りて、レストランの出入口に向かう。これから会える人物の顔を想像し、波稲は思わず早足になる。

見ると、扉の前でコックコートを着た青年が立っていた。

網代慎平。中学卒業と同時に日都ヶ島を出て上京し、東京の専門学校に通い、そのまま料理の修業を積んでいることは波稲も噂で聞いていた。たまの休みに島に帰ってくることはあったが、会う回数もここ数年はめっきり減っていた。

相手を確信し、波稲が走り出す。こちらに気づいた慎平も、大きく手を振ってくる。

「波稲ちゃん。ちょっと見やん間ぁに大きなったなぁ。遅れたけど、大学進学おめでとう！」

「へへ…久しぶり慎平！」

遠い県外で同郷のひとに会えると、やはりうれしさがこみあげる。

ひづるが遅れてやってくると、慎平の態度が豹変し、深くお辞儀をした。

「あ…先生!! 今日はわざわざご足労いただきありがとうございます！ あの、新刊の『オクシモロン』、最高でした……」

「感想のメールはこの前読ませてもらったよ。だがキミ、あれは長文すぎる。誤字脱字だらけだし、文章はもっと推敲したまえよ」

「うわっ、すみませんでした！ 読み終わってすぐ勢いで書いてしまって……」

照れながら、慎平はずっとうれしそうに頰をゆるめている。慎平が南雲竜之介の大ファンであることは、幼少期の頃から知っている。自分も和歌山の偉人である南方熊楠と会えたら、こんな風になるかもしれない。

「あのトリックはほんま意表を突かれましたね古典的なタイムトラベルの要素にまだあんな使い方があったとは目からウロコでしたキャッチーでサスペンスフルな展開はいつも通り引き込まれましたし今回は特に心理描写が深くて登場人物のことみんな好きになりました！ こんなことあります？ めっちゃ殺人事件起きてるのに最後はくすっと笑えるなん

大学進学おめでとう！
へへ…
久しぶり慎平！

！
あ…
先生!!

てあります⁉　あの最後の犯人も……あ！　いやこれ以上はネタバレになってまうか。波稲ちゃんはもう読んでる？」

「う、うん、読んでるから大丈夫」

　やっぱりならないかもしれない。

　息継ぎなしで喋り続ける慎平の窒息の心配をしかけたところで、ひづるが咳払い一つで黙らせた。

「厨房に立っていると聞いていたが、出入口の見張り番か掃除係にでも降格したのか」

「あ、いや、コック長に地元の知り合いが来るって話したら、丁重にもてなせって言われて。だからここで出迎えに。どうぞなかへ。ご案内します」

　店内に入ると、天井のシャンデリアがまず目にとび込んだ。異国の館のような趣（おもむき）がある応接間を抜け、さらに奥へ向かうと開けた空間に出る。そこが食事のスペースだった。

　二人掛けのテーブル席に案内される。かしこまって姿勢をただしていると、慎平に笑われた。とりつくろえないと早々に悟り、あきらめてリラックスすることにした。

　ひづるがおすすめを尋ねると、慎平はメニュー表を開き、コース料理の一つを指さした。そのなかのスープと前菜を担当しているのだと、恥ずかしそうに明かしてくる。二人ともそれを頼むことにした。注文を取り終え、厨房に消えていく慎平の後ろ姿を見送る。

「仕事してるひとって、なんかかっこええよね」

「仕事はそのひとの本質を表す鏡の一つだ。格好よく見えているということは、自信と誇りを持って臨んでいるのだろう」

配膳を担当する女性が料理を運んでくる。味はもちろん、その見た目に圧倒された。コース料理を食べるのは、実は初めてだった。波稲はきっと今日という日を忘れないだろう。ここに来てよかった。

次に慎平と会えたのは、食事がすべて終わってからだった。挨拶にやってきた慎平は、ちゃっかり南雲竜之介の新刊を持ってきていた。ひづるもサインに応じる。それから料理に満足したことを波稲もひづるも素直に伝えた。

「任せてもらえているの、まだスープと前菜だけなんですけどね。ちょっとずつ、頑張ってるところです」

「謙遜するな。客の舌に乗る最初の料理を任されているんだ。キミがコック長によく信頼されている証だろう」

ありがとうございます、と小さな声とは裏腹に、慎平はわかりやすい笑顔を浮かべていた。仕事を褒められれば誰だってうれしい。それはつまり、そのひと自身を褒めるのと同じことだから。

「そういえば、彼女のほうは元気か？」

「ええ、和歌山の小学校で教師続けてますよ。二人にも会えればよかったんですけどね。

まあ元気にやってます」

「潮とも会いたいなぁ」波稲がつぶやく。

彼女とも長く会っていなかった。せっかく慎平にも会えたのだから、これを機会に、近いうちに連絡でも取ってみようか。

店を出る直前、見送りについてきてくれた慎平が、さらにこう続けた。

「ここのコック長のもとで修業しながら、将来はどこかで店を一人で持てるようになれたらうれしいなって思ってます」

「ふむ、目標があるのは良い。それさえあれば人は腐らない。天職が見つかったようで何よりだ」

「どの仕事もそうだと思いますけど、料理って、基本たくさん失敗するんですよね。失敗して試行錯誤して、また失敗して。そうやって同じことを繰り返して、死ぬほど繰り返して、やっと成功する。そういうのなんか、俺、嫌いじゃないみたいです」

仕事のことや、自分の夢のことを語る慎平が、波稲にはとても眩しく見えた。好きなものはすぐに答えられるけど、なりたいものは、まだ明確に見つかっていない。自分は将来、何になりたいのだろう。

店を出ても慎平はまだ見送りについてきてくれた。別れが名残惜しかったのかもしれない。このまま一緒に車に乗り込んでしまいそうな勢いだった。

「それじゃあ、機会あればまた……って、あれ」

ひづると波稲が同時に立ち止まる。不可思議な光景がそこにあった。

停めておいたはずの車が、消えているのだ。

「確かにここに停めたよな」ひづるが言った。

「うん、間違いないよ。覚えてる。どこへ消えたんや？」

「確か黄色い車でしたよね……ん、ひょっとしてあれですか？」

見回す慎平が、やがてある場所を指さす。その方向に視線を向けると、黄色のシュエットがあった。三〇メートル以上も離れた、出口付近の路肩に停まっていた。波稲が記憶を照らし合わせてナンバープレートを確認するが、乗ってきたもので間違いなかった。ドアを閉めて鍵もちゃんとロックしていた。エンジンはひづる以外かけられない。シフトレバーも、駐車時に入れるべきRギアに入れた。サイドブレーキも引いていた。

波稲とひづるは、とっさに顔を合わせる。車が勝手に移動した。浮かぶのは、ある単語だった。

「亡霊」

いまのところ車は快調に走っていた。あれから念のため、周囲を二、三時間ほど目的なく走らせてみたが、車の暴走は起こらなかった。海岸線を進み、落ちていく夕日に色を染める海を横目に見ながら、帰路についている。

「やっぱり気のせいかな。乗ってへんのかな、Ｆ１レーサーの亡霊」

「駐車場で数十メートル移動した説明がまだつかない」

「……こういうのはどう？　誰かのいたずら」

波稲とひづるは、ああでもないこうでもない、と車に乗ってからずっと仮説を検討し合っている。帰りの車ではレストランの食事の感想でももう少し続けていると思っていたが、好奇心とは正直である。

「もう少し詳しく」ひづるが先を促す。

「誰かがつけてきてて、スペアの鍵を持ってた。乗り込んで少し動かした」

「目的は？」

「幽霊騒ぎに見せかけて運転手を怯えさせて、車を売らせる。だからやったのは次の購入希望者、とか」

「その仮説には穴が三つある。一つは、我々を尾行するには車が必要だ。我々の今日の目的地は他人に知られようがない。だから待ち伏せはできない。常に張りついて追いかけてくる必要がある。キミがここに来るまでの間、後部座席に亡霊が乗っていないか期待してしきりに後ろを確認していたな。そのとき長時間、同じ車はついてきていたか？」

記憶のデータベースからひっぱりだしてくる。ついてきている車は見つからなかった。

特に海岸線を走り出してからは、後ろについてくる車がいなかった。

「二つめは、購入希望者でかつ鍵のスペアを持っているなら、なぜそのまま乗って盗んでいかなかったのか。わざわざ数十メートルだけ移動させる意味がない」

「ううむ、確かに。三つ目は？」

「そのシナリオじゃつまらない」

なるほど、それが本音だった。そうであってほしくないという、願望すら感じさせる口調だった。もしも追究したこの先に待っていた結末が凡庸(ぼんよう)なものだったら、ひづるは怒りと失望でこの車をスクラップしてしまうかもしれない、と波稲は思った。

そのとき、終わりかけていたやり取りを、ひづるが再開させた。

「……すまない、訂正する。穴は四つある」

「うん？　それって、なに？」

「キミの仮説では、これまで報告されてきた暴走のほうの説明がつかない。たとえばいま、私の踏んでいるブレーキペダルがまったく機能していないケースのようにな」

「なぁ⁉」

水平線に落ちる夕日からあわてて視線を戻す。ひづるが何度もブレーキペダルを踏んでいるのが見えた。車は速度を落とす気配がない。それどころか、上がっている。

速度が落ちないまま、車がカーブを曲がる。遠心力でドア側に体が押しつけられる。やがて、車が車線をはみ出し始める。

「ちょ、ちょ、対向車線入ってる！」

「ハンドルが利かなくなった……見ろ」

ひづるがハンドルから手を離す。ハンドルは見えない誰かがつかんでいるかのように、右へ左へと調整を繰り返す。

「のわ！」

ガードレールに車体がこすれる。ひづるがハンドルを思いっきり切ると、主導権を取り戻したのか、元の車線に帰ることができた。心なしか、車の速度も少し下がったような気がする。

「う、海に落ちるところだった……」

「まだ危機は去ってないぞ」

ひづるが指した道の先に、信号につかまっている車列があらわれる。おそらくあと四〇〇メートルもなかった。まだ小さな米粒サイズだが、時間の問題だ。このままブレーキが利かず列に突っ込めば大惨事になる。

「ひづるちゃんッ!!」

「考えろ考えろ考えろ考えろ考えろだめだ逆立ちになりたい脳に血が回らない！　ふふふ私としたことが…大混乱しているな」

ひづるちゃんッ!!
考えろ考えろ考えろ考えろだめだ逆立ちになりたい脳に血が回らない！
ふふふ私としたことが…
大混乱しているな
ハァ
ハァ
なんで楽しそうやねんっ!!

「なんで楽しそうやねんっ!!」

さらに近づく。あと三〇〇メートル。ブレーキペダルを踏み続けるが、速度はゆるまない。信号はまだ赤だ。車列が動き出す気配はない。

いよいよ、前の車のナンバープレートを視界にとらえられる距離になる。6174。なるほど、カプレカ数だ。数字の桁を大きい順と小さい順にそれぞれ一つずつ並べ変えたものを用意する。大きい順に並べた数字から小さい順にならべた数字を差し引くと、元の数字と同じになる。7641－1467＝6174。それがカプレカ数。四桁の数字のなかでカプレカ数なのは6174だけだ。なんてやっている場合か！　と、心のなかで自分を殴る。

そのとき、何かの音が聞こえた。うううう、と、誰かがうめくような声だった。走行音のなかに混ざったその声は、ひづるの耳にも届いていたようで、驚いたように薄く口を開けていた。声が車内に響く。うううう。ううううう。

「ぐ……」

ここにきて、速度がまた上がる。亡霊が二人にとどめをさしに来ているのか。残り二〇〇メートル。いよいよ覚悟を決める時間が近づいたとき、ひづるが言った。

「ハンドル操作が利くようになった。歩道にひとはいない。一度乗り上げて、あの電柱に車をぶつける。波稲、後部座席へ」

「……い、嫌や。ひづるちゃんだけ前に残しとけやん！」

「直前で私も後ろに飛び込む。だから早く！」

大声に飛び上がり、急いで後部座席に体を押し込む。ひづるがすぐに来られるよう、急いでスペースを開ける。

「ひづるちゃん！　来て！」

「いや、待て……」

「何してるん！　いいから早――」

その瞬間だった。

勢いよく、ひづるが何かを引き抜いた。見ると鍵だった。シリンダーにさしていた車の鍵を、強引に引き抜いたのだ。

「鍵を抜けばハンドルはロックされ、油圧は利かなくなり、ブレーキも使えなくなる」

「あかんやん！」

衝撃にそなえて、思わず波稲は目をつぶる。

「しかしエンジンが停止したことで、これ以上加速もしなくなる」

「！」

――車が、止まった。

衝撃はやってこない。おそるおそる目を開けると、車列まで残り一〇メートルの距離だった。ひづるが鍵を抜いたことでエンジンが停止したシュエットは、惰性で走り続け、徐々に速度を落とし、やがて止まったのだった。

信号が青になり、車列が解消し始める。ひづるたちの車は動かずそこで立ち往生する。

ハザードランプを出し、ふう、と二人で長い息をつく。

「こんな簡単な対処法でも、冷静さを失うと案外出てこないものだな。勉強になった」

「私これ知らんかった……」

「噂通り、なかなか気性の荒い亡霊のようだな」

冗談なのか本気なのか、波稲にはよくわからなかったが、とりあえず合わせて笑った。

もともと乗りたいと思ったのは好奇心だ。一〇〇パーセント亡霊を信じていたわけじゃない。車の故障のほうが可能性が高いと、内心は考えていた。だがこうして現象に遭遇すると、一〇〇パーセント信じてはいなくても、一〇〇パーセント否定することもできない存在だと、あらためて気づいた。

「亡霊って、エンジンも自分でかけられるんかな？　さっき駐車場で動いてたし」

「…………」

急いで車を降りる二人だった。

3

「たった一日でぶっ壊してきたのはお前さんたちが初めてだ」

三度目の来訪となる中古車販売店で、カーディーラーの高泉があきれたように溜息をついた。二日連続で亡霊の車に乗り、今日は再点検をしてもらいに来ていた。行きのドライブでは暴走は起きなかった。

「ぶっ壊したという表現は過剰だ。ガードレールで車体をこすっただけだ」ひづるが反論する。

「バッテリーも上がってるじゃねえか」

「再点検を頼めるか。できれば入念に。本当に異常はないか」

「この俺がつい昨日点検したんだ。故障するはずねえよ」

「この俺でもあの俺でもどの俺でもいいから、とにかく頼む」

やれやれ、と首を横に振り、高泉は店から書類を持ってくる。ひづるが依頼書にサインをしている間に、男も何かをメモしていた。

「それはなに?」波稲が訊く。

「事故の履歴だよ。この車に限って、一応メモしてるんだ」

「つまりこれまでの記録か。見せてくれ」
サインを終えたひづるがメモ帳をふんだくる。抗議しようと口を開きかけたが、高泉はあきらめたように首を横に振った。それから仕事を始めようと、機材を使って車体の下にもぐり込んでいく。
ひづるにもたれかかり、波稲もメモの内容をのぞき見る。高泉の言った通り、これまでの事故の履歴が記録されていた。一番古いものは二〇年も前になっていた。
《一件目：二〇〇一年。瀬川達也。スピード過多による横転。全破損》
《二件目：二〇〇三年。鳴海誠一。川に落車。リヤ、フロントともに破損》
飛ばし飛ばし、ページを眺めていく。
《四件目：二〇〇六年。安形充。追突を受ける。右のフロントドアとリヤドアを破損》
《七件目：二〇〇七年。小町悠馬。電柱に衝突。フロントの破損》
一番新しいページには、つい最近の過去三件分が記入されていた。
《二五件目：二〇二五年。遠藤沙耶。民家の塀に衝突。フロントの破損》
《二六件目：二〇二六年。坂下安芸。電柱に衝突。リヤ、フロント、ともに破損》
《二七件目：二〇二六年。南方ひづる。早々にドアを破損。嫌なやつ》
ぷ、と最新の履歴を見て思わず噴き出す。
「嫌なやつやて」

「前方への衝突がやけに多いな」

ふいな悪口も意に介さず、ひづるは考察を続ける。

「Ｆ１レーサーがこの車で亡くなったときの死因は追突事故か何かだったか？」

「ネットで軽く調べた限りでは」

ひづるが非科学の視点から亡霊のキャラクター像を深掘りする一方で、波稲は超常現象を排した現実的な視点から思考を深めていた。どちらが正しいという話ではなく、このほうが効率がよく、アイデアが広がるからだ。お互いに相談することもなく、気づけばきれいに役割分担ができていた。

「車になんか取り付けられてた可能性は？　ひづるちゃんがハンドルから手ぇ離したとき、勝手に動いてたやろ。あれ、スマートアシスト機能の動きによう似てる気がする」

「自動運転技術か」ひづるがつぶやく。

「ついてないよ、そんなものは」

反論の声が車体の下から上がる。高泉が出てきて、波稲の仮説を否定してくる。

「あの手のコンピュータがこの車についてるとは思えねえな。あるなら俺が見つけてるはずだ。どれだけ車両点検してきたと思ってる」

「証拠は何か示せるか？」ひづるが訊く。

「過去の車検証がある。車に関するデータは控えてある」

「見せてくれ」

「だめだね」

今度は即答だった。

「俺のメモをふんだくって見るのとは勝手が違う。顧客の個人情報も書かれてるんだ」

「写真を撮るわけじゃない。少し見るだけならいいだろう?」

少し考えたあと、高泉がこう答えてきた。

「一つ条件がある」

「条件?」

「いま乗ってる車、おたくらで最後にしてやってくれねえか。満足して乗り終えたあと、廃車にしてやってほしい」

「……理由は?」

「この仕事をしてると数えきれない車が旅立って、ときには戻ってくることがある。自分のところで看取(みと)ったやつもいる。こいつはあまりにも長く生きすぎてる。価値があるのはわかるし、たくさんひとを乗せてこいつも喜んでるだろうが、さすがにそろそろ休ませてやってほしい」

物に魂が宿ることへの真偽や是非について、いまここで議論を始めるほど、波稲もひづるも野暮ではなかった。そこにこめられた温かみを波稲は確かに感じた。きっとカーディーラーは、このひとにとっての天職なのだろう。

「約束しよう。我々で最後にする」ひづるが答えた。

高泉が立ち上がり、それから二人を置いて店内に入っていく。やがて書類の束を持って戻ってきた。

「本当に見るだけだぞ。写真はだめだからな」

ひづるが波稲に目を合わせてくる。それで意図を察した。

波稲が代わりに笑顔でこたえる。

「もちろん」


一時間後、高泉が車の状態を報告してきた。

「後部座席のドアがイカレてて、交換に一週間かかる。代車があるから今日はそれで帰ってくれ」

今日できることはもうないので、二人も帰ることにした。

用意された白のワンボックスカーに乗り込み、店を出る。田畑を両手に見ながら、のどかな田舎道を走り、国道を目指す。

そうして走り出して一分もしないうち、ふとバックミラーを見ると、黄色のシュエットが追いかけてきているのに気づいた。

「あれ、高泉さんかな?」言いながら、波稲が振り返る。

「なんだ。もう修理が終わったのか」

速度を落とし、シュエットが追いついてくるのを待つ。何か用件があるのだろうか。ハザードをつけてひづるが停車する。シュエットがさらに近づいたところで、波稲がようやく、ある事実に気づく。

「ねえ、ひづるちゃん……」

「うん?」

「あの車。運転席に、誰もおらん」

「なんだと?」

ひづるが振り返るのと、シュエットが追突してきたのは、ほぼ同時のタイミングだった。がん、と大きな衝撃に包まれる。ひづるがギアをドライブに入れ、あわてて発進させる。シュエットもさらにスピードを上げる。

「追いかけてきてるよ!」

「ふふふ、いったいどうなってる!」

興奮で息が上がり、眼鏡が曇っていた。そうこうしている間に、もう一度、追突を受ける。鈍い衝撃。体が前に飛びかける。都内郊外の田舎道で、なぜ自分たちはハリウッド映画ばりのカースタントを演じているのだろう。

背後から猛烈なエンジン音が聞こえた。波稲は初めて恐怖を感じた。昔、ひづるに貸してもらったホラー小説を唐突に思い出す。悪霊がとり憑いた車が暴走する話。意思を持つかのように、襲いかかってくる車。まさにいま、目の前にある脅威がそれだった。

「うぐっ！」

これまでで一番の衝撃がやってくる。三回目の追突で、ひづるの手がハンドルから離れてしまう。立てなおそうとするがすでに遅く、車は道を外れ、田んぼに突っ込もうとしていた。

衝撃にそなえて、体を低くする。ここでまた大きな衝撃。車がとうとう、完全に停まる。顔を上げると、道を走り抜けていくシュエットが見えた。

運転席から先に出ていたひづるが助手席に回り込み、ドアを開けてくれた。差し出された手をつかみ、這(は)い出る。歩くたびに田んぼの泥が跳ねて、服や顔にかかっていく。坂を上がり、車道まで戻る。見ると、少し進んだ先でシュエットが停車していた。

ひづるがかばうように波稲の前に立つ。

「気をつけろ。バックして襲いかかってくるかもしれん」

「マジか……ほんまに亡霊が？」

しかし警戒していたような事態は起きず、シュエットは停車したまま動かず、とうとうエンジンが切れたのがわかった。

おおい、と背後で二人を呼ぶ声がして、振り返る。汗だくになって高泉が走ってきていた。二人の元にたどりついたところで、膝に手をつき、切れた息を整え始める。

「と、突然だった」

高泉が言う。

「あんたたちが発車したあと、すぐだった。突然エンジンがかかって動き出したんだ。まるで意思を持ったみたいに」

結局、車で帰ることをあきらめた二人は、高泉に最寄りの駅で送ってもらった。服と体が泥だらけになっていた二人は、駅の近くにあったスーパー銭湯に寄ることにした。

車の最初の持ち主である、Ｆ１レーサーのノア・クストのことがどうしても気になり、波稲はスマートフォンで再び彼のことについて調べた。新たな記事が見つかったのは、脱衣所で服を脱ぎ、これから入浴しようかというときだった。

「ひづるちゃん。新しいことがわかったよ」

「キミ、調べ物をするなら服を着たまえ」

「いいからこの記事見て」

「もう眼鏡を外してしまった。読み上げてくれ」

フランス語で書かれた記事を、翻訳ツールに通す。意味の通じない日本語は想像で補完しながら、波稲は簡潔に伝える。

「交通事故で亡くなったのって、ただの噂だったみたい。本当は自宅で自殺したって書いてある」

「ふむ、車のなかで死んだわけではないのか」

それならなぜ、あの車に乗っていたほとんどの運転手は、衝突事故ばかり起こすのだろう。ノア・クストの亡霊による仕業と考えても、因果関係としていまいち結びつかない。ノア・クストが同じように衝突事故で亡くなったから、というのなら理解できなくはないが、それは事実ではなかった。

「さっきも言ったが調べ物を続けるなら服を着たまえ。もしくは五歩進んだ先にあるガラス戸を開けて汗と泥で汚れた体を洗い流すか、選ぶんだ」

波稲は入浴を選んだ。

かけ湯とシャワーでしっかり体を洗い、内湯やジャグジー風呂をすっとばし、まっすぐ露天風呂まで向かっていった。同じ考えを持っていたひづるがすでに風呂につかり、体を伸ばしていた。時間のタイミングが良かったらしく、誰もいない貸し切り状態だった。

「極楽……」

湯につかりながら体を点検してみるが、いまのところ異常はなさそうだった。田んぼを歩いたときに、稲の葉で腕を少し切っていたくらいだ。

しばらくリラックスをしたあと、話題は自然と亡霊の車に戻っていった。

「ノア・クストの死因が自殺であの車で死んでいないのなら、これまでの事故と若干因果関係が弱くなるな」

「そうなんよな。無理やり結びつけることはまだできるけど。自分以外誰にもあの車に乗せたくない幽霊が、新しい運転手が買うたびに事故を起こす、とか」

「衝突事故に原因が集中しだしたのは最近だったか？」

記憶を探る。頭のなかで写真として記録した高泉のメモを、読み上げる。

「そう言われるとそうやね。はじめっからぜんぶが衝突事故じゃなかった。厳密には四件目以降からみんな衝突になってる」

「四件目の事故原因は？」

「交差点でエンジン停止。横からほかの車にぶつけられてる。二〇〇六年。ディーラーの高泉さん、本当に細かくメモ取ってるね」

「……ちょっと待て」

がば、とひづるが身を起こす。勢いでお湯が跳ねて、波稲の顔にかかる。ひづるのほうに視線を戻すと、ぶつぶつと何かつぶやきだしていた。「衝突、ノア・クスト、二〇〇六年、四件目……」。こんな光景をつい最近も波稲は目にしていた。

まさか、と思うよりも早く、ひづるが露天風呂から勢いよく上がる。湯が体に滴り落ち続けるのもかまわず、ひづるはそのまま逆立ちを始めた。

「こんなところでも⁉　いやちょっと待って！　誰も見てないとしてもやばいから！　羞恥心とかないんかほんま！」

「波稲……」

「名前呼ばんといて！　もう他人のフリするから！」

わめく波稲も気に留めず、ひづるは淡々とこう告げる。亡霊にとり憑かれた車。その正体を、とうとうつかむ。

「面白いアイデア、閃いたかも」

4

ひづるの自宅に戻ってから、波稲は記憶していた車検証の模写に追われていた。本当はまっすぐ家に帰って一度寝たかったが、ひづるが一早く確かめたいことがあると言うので、しぶしぶ従っている。

銘菓『鈴竹』をエネルギー源に、ようやくすべての模写を終える。

「これでぜんぶだよ。高泉さんの記録メモも一応模写しといた」

「助かったよ。ご苦労だった」

ひづるは模写した内容を順番に見比べていく。時間が経つごとに、ふふふ、と笑う回数が増えていった。

「さすがだ波稲。この車検証と事故のメモは、私のアイデアを決定的にしてくれた」

「田んぼに突っ込んでからの温泉だったからもう限界……寝てええ？　もう寝てええ？ええよね？」

「近いうち、すべての元凶に会いに行こう。亡霊騒動もこれでおしまいだ。今日のところは帰ってゆっくり休んで――」

言い終えるよりも早く、波稲は床で爆睡を始めていた。

一週間後。車検証にあった住所を頼りに、二人は住宅街を進んでいく。目的の家はすぐに見つかった。絵に起こしたようなありふれた一軒家で、庭に家庭菜園の小さな畑がある。

表札と名前を照らし合わせ、間違いないことを確認する。インターホンを押そうとした瞬間、ひづるのスマートフォンに着信が入る。静寂島警部からだった。スピーカーをオンにして、ひづるはそのまま電話に出る。

「例の人物の情報、メールで詳細を入れておきました。自動車メーカーに技術者として勤めていた過去がありましたよ」

「ご苦労」

「先生には事件解決で何度もお世話になっていますし、協力も惜しみませんが、最近巻き込まれ続きじゃないですか？」

「その分キミの手柄も増えるからいいじゃないか。今回も場合によっては出番になるかもしれない」

「え、それどういう意味――」

電話を切る。静寂島警部が知り合いであるとはいえ、警察からの電話をこうも容赦なく切ることができる人物を、波稲はほかに知らない。

送られてきたメールを確認し終え、ひづるがインターホンを押す。お年寄りの女性の声が応答した。

「突然すみません。安形充という方にお会いしたくて伺いました」

「充はうちの主人ですが、ご用件は？」

「黄色のシュエット、と伝えればわかるはずです。お伝えいただけますか？」

お待ちください、とインターホンが切れる。庭に植えられた家庭菜園の野菜や果物の種類を数えていると、玄関のドアが開き、男性があらわれた。七〇代近くに見えたが、姿勢はよく、凛とした雰囲気をたずさえている。

「安形充さんで間違いないですか」ひづるが訊く。

「そうです。車のことで来たと、伺いました」

「はい。あなたが過去に乗っていた車です。亡霊の話はご存知ですか？」

「ぼ、亡霊？」

心当たりはないようだった。四件目の事故を起こした安形さんの時点では、まだ亡霊の噂は立っていなかったということだ。

波稲とひづるは、それが見えるよう、体をどける。路肩に停まっている黄色のシュエットを見て、とたんに安形が困惑し始めた。

「どうしてまだここに……。とっくに廃車になっていたんじゃ」

「あなたが手放したあとも、欲しがったコレクターたちが買って運転していたんです」

「そんな……」

ひづるは本題に入る。ジャケットのポケットから取り出したのは、数枚のメモ用紙。どれも波稲が模写した車検証だった。

「車検証には車両に関するさまざまなデータが記録されている。あなたが入手したときの車と、あなたのあとに入手した車。車両総重量が、一キロだけ増えている」

安形は黙り、どんどんと顔を青ざめさせていった。波稲はなんだか自分たちが彼をいじめているような、奇妙な罪悪感を抱く。ひづるは情に流されず、淡々と事実を告げていく。

「何か取り付けていたものがあったんじゃないですか？」

「……はい、その通りです。機械を取り付けました」

波稲とひづるの脇を通り抜け、よろよろと車に近寄っていく。車体に触れるその手が震えていた。「いったい何人がこれに?」と、小さくつぶやく声が聞こえた。

ひづるは波稲の肩に手をかける。

「キミの仮説は半分正解だった」

「仮説って、……もしかして、スマートアシスト機能?　でも二〇年前にはまだそんなものなかったはずだよ」

「そう。だから半分だ」

ひづるが答える。

「現代の洗練されたスマートアシスト機能よりも、もっと原初的なもの。すなわち、黎明(れいめい)期において開発途中だった『自動運転技術を搭載したＡＩ』。その機械による暴走が、今回の亡霊の正体だ」


ひづるの閃いたアイデアを、安形は黙って聞いていた。

「勘違いしないでおいてもらいたいのは、私は基本的には推理はしないし、探偵になるつもりもない。現実とフィクションの分別は誰よりも持っているつもりだ。私があげるのはあくまでも仮説であり、こうなれば個人的に面白く、整合性もあり納得がいくという、単なるアイデアにすぎない」

小説家はいつでもアイデアを求めている。だがそのアイデアはときとして、真実を、あぶりだす。

「カーディーラーの高泉が取っていた事故の記録メモを読んだとき、最初の数件の事故にはバリエーションがあったのに、途中からすべて衝突事故になっていたのが気になった。おそらく初めの数件は、本当にただの事故だったのだろう。破天荒なF1レーサーに心酔するファンが運転する車だ。派手な事故があっても不思議はない」

「私にたどりつくことができたのは、車検証にあった車両総重量の差に気づいたからですか？　たったそれだけで？」安形が訊いてくる。

玄関からは、彼の妻が心配そうな様子でこちらを見守っていた。

「あなた以降の運転手の起こした事故が、すべて衝突事故になっていたこと。それからあなたの車検証の発行年が二〇〇六年になっていたこと。二〇〇六年といえばテクノロジー関連では大きな転換点になった年だ。それでたまたま閃きました」

「第三次ＡＩブーム」

波稲が答える。

「機械学習、厳密にはディープラーニングの開発が劇的に進むきっかけになった年。冬の時代だったＡＩの開発が盛んになりかけてた」

波稲はまだ生まれていないが、科学雑誌で何度も、ＡＩ開発とその年が結びつけられた記事を読んだことがある。

　車を撫でながら安形が答える。

「自動車会社の開発部門に当時、技術車として勤めていました。界隈では機械学習の話題でもちきりで、自動車にもこの流れは波及すると確信していました。近いうち、自動運転技術は必ず生まれると。そして、それを最初に世の中に生み出したいと考えていました。仕事に誇りを持っていたし、それを完遂するのが責務だと思えたんです」

　それは、一人の男性の仕事が果たされずに終わるまでの話だった。

「自動運転技術の開発を進めたいと何度も上に交渉していたんですが、一度も許可が下りませんでした。でも、その頃にはもう夢にとり憑かれていた。何がなんでも果たさなければない目標だと信じて疑わなかった」

「それで自分の車に実験として搭載したんですか」

　そうです、と安形はうなずく。

「『前の車両を追尾する』。それが最初にＡＩに教えたプログラムでした。機械学習を重ねれば成熟していき、やがて完全な自動運転が実現するだろうと」

「なるほど、追尾か。だから追突や衝突が多かったんだ」

「でも上手くいかなかった。音声認識でエンジンを始動させたり、ギアやサイドブレーキをかける機能も導入したが、誤作動が多かった。失敗した矢先から機能を追加していき、取り返しがつかなくなっていた。事故を起こしたことをきっかけに挫折し、夢をあきらめました。機械と一緒に車を廃車にしました。いや、そうしていたと勘違いしていた」

車は廃車にならず生き残った。修理され、未成熟のＡＩを搭載したまま新しい運転手の手に渡った。そしてまた事故が起きる。車のファンだったコレクターたちは再び修理し、そして事故を起こす。繰り返され、やがていつしか、Ｆ１レーサーの亡霊がとり憑いているという噂が立つようになった。一人の男性の果たされなかった夢が、いつしか亡霊へと置き換わり、変貌していった。

「あれから二〇年……いったいどれだけのひとがこれに？　ああ、くそ、私はとんでもないことを……」

頭を抱える安形に、ひづるが言葉を添える。

「あなたがどんな罪を負うことになるかはわからない。厳しいものになるかもしれないし、軽いもので済むかもしれない。法律の専門家ではないからそのあたりは答えられない。だけどこれだけは約束できる。この車で、もう事故が起こることはない」

被害者がもうあらわれることはない。亡霊は去った。そんなひづるの励ましがしっかりと届いたようで、安形はいくらか、落ち着きを取り戻していった。

でも、とここで波稲は首をかしげる。一つ疑問が残っていた。

「そのＡＩが搭載された本体の機械って、どこに隠されてたの？　車両点検では一度も見つからなかったよね。カーディラーの高泉さんも自信満々に答えてたし」

「ヒントならあったよ。あのカーディーラーの胡散臭さは置いておくとして、奇跡的な条件が重なった結果、巧妙に隠されてしまっていた」

ひづるがシュエットに近づいていく。

「度重なる修理でパーツや部品の交換は行われてきた。だが高泉は、内装のほうには手をつけていないと答えていた」

「じゃあ、車のなか?」

「修理の際、コレクターが必ずといっていいほど交換を拒んでいた場所が、一つだけある。F1レーサーであるノア・クスト。彼の『歴史』がもっと根付いていたであろう場所。つまり——」

「……運転席だ!」

波稲が答えると同時、ひづるが運転席のドアを開ける。

そういえば最初の引き渡しのとき、カーディーラーの高泉とのやり取りで、ひづるは指摘していた。運転席のリクライニングが動かない、と。そこに何か取り付けてあったせいで、不具合が生じていたのだとしたら。

「海岸線での暴走のとき、ひとのうめき声のようなものが聞こえた。あれはおそらく、座席に隠された機械の動作音だったんだろう」

ひづるはカバンからハサミを取り出し、そのまま背もたれに突き立てる。波稲と安形が近づき、様子を見守る。革を少しずつ破っていく。破き終えた革をめくり、そしてとうとう、あらわれる。

「亡霊は最初から、一番近くにいた」

背もたれにぴたりと収まる機械の塊が、そこにあった。

5

黄色のシュエットは証拠物件として一時的に押収されたのち、なぜかひづるのもとではなく中古車販売店のもとに返された。高泉から連絡が入り、ひづると波稲は車を取りに行った。高泉は亡霊騒動のことをいまだに引きずっている様子だった。

「確かに運転席は一度も交換しなかった。運転手がもっとも座る場所といったら、そこしかない。あれは俺の責任でもある」

「キミの感傷に浸るほど暇じゃない。機械はもう取り除かれているのか？」

「……ああ、取り除いてある。亡霊は去ったよ。まったく、あんたに愚痴を吐いたのが間違いだった」

「あいにく、嫌なやつでね」

高泉に次に会うのは来年の車検のときになるだろう。彼の言う通り、亡霊はもう去った。車の暴走はもう起こらない。

出発前、ひづると高泉がまだ話し込んでいる間、波稲は技術者の安形のことを考えていた。仕事に誇りを持っていたひと。抱えた夢が暴走し、執着してしまったひと。仕事や夢を持つということは、ひとによっては最良の薬にもなるし、そして蝕む毒にもなる。

「波稲。準備ができたから行こう」

「うん。家までナビするよ」

二人を乗せて、車が走り出す。エンジンは正常だった。アクセルもブレーキもギアも、問題なさそうだった。

波稲のスマートフォンのナビが、道の先の高速に入れと指示を送ってくる。車が高速の入口に向かっていく。料金所を通過し、徐々に加速していく。二人とも完全にリラックスしていた。

「ひづるちゃん。大人ってすごいなあ。私はやっぱり、まだ未熟な子供やわ」

「なんだいきなり」

「私のまわりには、色んな職業についてる大人がいっぱいおるけど」

波稲は言う。

「いつか、これが天職やって胸を張って言えるもんが、私にも見つかったらええなあ」

「焦らなくていいさ」

ウィンカーを出し、ひづるが車線を変更する。亡霊がいなくなり、軽くなった車がさらに加速する。

「競争をしているわけじゃないんだ。天職なんて、見つかるときは案外見つかる。それに大人と子供の測り方なんて、ほかにいくらでもある」

「たとえば？」

「車の運転ができるかできないか」

ぷ、と波稲が噴き出す。ひづるも笑う。それなら割とすぐに、大人になれそうだった。

そして波稲は、目標にしたい大人も、すぐそばにいることに気づく。

追い越し車線から戻り、車がそのまま高速を降りる。料金所を出て、ナビが左に曲がれと指示を送ってくる。ひづるは反対の右にウィンカーを出した。

「少し寄り道していこう」

良い場所がある、とひづるが言った。

三〇分ほど走り、紅葉の咲き誇る並木道を上っていく。やがてたどりついたのは山の上の高台だった。景色を眺めるためのスペースがあり、車をそこに停める。

車を降りて二人で手すりにもたれる。見晴らしがよく、都内を一望できた。

「わあ、すごい。きれい」

「執筆に行き詰まったときにたまに来る場所の一つだ。普段は電車を使ってわざわざ来るが、これから車が使えるのは便利だな」

「連れてきてくれてありがとう」

そのときだった。

バタン、と背後でドアの閉まる音がした。停まっているのはシュエット一台。ドアが閉まるような風も吹いていない。思わず、背筋が凍る。

「ちょっと、いまの見たひづるちゃん⁉　いま勝手にドア閉まったで！　やっぱまだ亡霊ついてんちゃうっ？」

「ふふ、それは大変だ。シナリオを組みなおさないとな」

「なんでそんな呑気に笑てんの⁉」

ひづるがこっそりと高泉に依頼し、扉の自動開閉機能をつけてもらっていたことを波稲が知るのは、もう少し先のことである。

第三章
呪われた
絵画

1

「ふむ。これが学食の冷やしぶっかけうどんか」

向かいの席でひづるが注文したうどんをすする。学食という場所に、普段はそこにいないはずのひとが座っているのを見ると、波稲は少し新鮮な気持ちがした。

一口食べたひづるが感想を漏らす。

「在学中は一度も注文しなかったが、味は普通だな。期待も上回らないし失望もしない」

「そう！　そうなんよ。そこがこの学食のうどんの素晴らしいところ。三〇〇円出したら、三〇〇円分の味をきっちり提供してくれる。五〇〇円の味でもないし、一〇〇円の味でもない。ぴったり三〇〇円」

「嫌いではないな」

「せやろ。取材したいんやったらこれ以上のものはないよ」

新作に学食の描写があるから見てみたい、とひづるが言ってきたのがきっかけだった。翌日には波稲の通う東京大学の学食にひづるがやってきた。もともとはひづるも通っていて、波稲とは学部も同じだった。つまり先輩だ。

「与えた分と同じだけきっちり返ってくるこの学食の感じ、私好きなんよ」

「学食の内装が少し変わっているが、私が通っていたときも似たような雰囲気だったな。いいぞ、だんだん思い出してきた。やはり来て正解だったな」

ひづるがうどんを完食しようとしたとき、こちらに近づいてくる人影があった。アロハシャツを着た若い男性。片手にお土産（みやげ）の菓子が入った袋。またしても普段、ここにはいないはずのひとだった。

「先生！　やっと見つけた。いきなり東京大学の学食に来いって……。待ち合わせが乱暴すぎますよ」

ひづるの担当編集の強羅。息を切らしながら席につく。数秒でも遅れればひづるが姿を消してしまう、とでもいうようなあわてぶりだった。オーロラに遭遇しようとすることと、自分の担当作家に遭遇することは、きっとこのひとにとって同義なのだろう。

強羅がテーブルに菓子の入った袋を置く。袋の表面に菓子の名前が印字されていて、中身はもはや見なくてもわかる。銘菓『鈴竹』。いつも必ず持ってくるというお土産。ひづるがそれを見て舌打ちする。

「千回は見たそれを早くしまえ」

「いえ、今日は先生も欲しがると思いますよ」

「それはない。私が『鈴竹』を食べることは永遠にない」

「今日持ってきたのは『鈴竹』だけじゃありません」

「ほう。ならちゃんと持ってきたんだな」

はい、と強羅が返事をして、菓子袋のなかから、プラスチックケースに入った何かの機材を取り出す。見るとカメラだとわかった。

「小型の監視カメラ。先生が新作執筆のために実物を見たいとメールを送ってきて、その直後に調達しましたよ」

「…………なるほどな」

ひづるはカメラの入ったケースを持ち上げ、無表情でつぶやく。妙に間があったような気がしたが、気のせいだろうか。

「意外に早く調達できたな」

「ミステリやサスペンス系の作家さんのために、以前別の編集が経費で購入したものがあったんですよ。こういう物騒なもの、意外と社内にあるんです」

「ご苦労だった。用はもう済んだから、『鈴竹』を持ってとっとと帰れ」

「いやいやいや、そうはいきません。今日こそは打ち合わせしましょうよ。原稿の進捗(しんちょく)どうですか？　取材してるってことは、ちゃんと進んでるってことですよね？　少しでいいんで読ませてもらうことは？」

「途中でいいから読みたいなど、二度とそんな戯言(ざれごと)を吐くな。キミのそういう、いちいち平凡なところが嫌いだ」

「すみません。でも仕事ですし、何より僕も南雲竜之介の一読者です。それくらい読みたいっていう気持ちを伝えたかったんですよ」

やり取りをしている間、波稲は菓子に気をとられていた。それに気づいた強羅が、どうぞ、と笑顔で袋ごと差し出してくる。なかの箱を取り出し、一つ手にして封を切り、鈴竹を食べる。中身のカスタードクリームが今日も甘い。

「で、ぶっちゃけ原稿の進捗はどうなんですか」

「亡霊つきの車に気をとられたので今月はあまり進んでいない」

「亡霊？　なんですかそれ？　というかこの前も何か取材してませんでした？」

原稿の打ち合わせの代わりに、ひづるは先日の車の話を語って聞かせた。仕事で身についたスキルなのか、強羅は上手くあいづちを打ち、ひづるの話を引き出していた。

ひとしきり話して満足したひづるが、椅子を蹴り、強引に強羅を帰らせようとする。意外な話が飛び出したのは、波稲が三個目の鈴竹に手を伸ばそうとしたときだった。

「そういうことなら、僕も面白い話を一つ持ってますよ」

「ほう？」

椅子を蹴りながらひづるが言う。

「聞かせてみろ」

「わ、わかりましたから椅子蹴るのやめてください。折れます」

「もしくだらない話だったら、折れるのは椅子の足だけじゃないぞ」

強羅は咳払いをして、間を置く。ちなみに「大学の設備なので椅子を蹴らないで」と波稲が言うと、ひづるはあっさりやめてくれた。

気を取りなおして強羅が答える。

「亡霊つきの車の次は、呪われた絵画なんてどうですか？」


知り合いの店主がやっている骨とう品店で、強羅は呪われた絵画に出会ったという。

「もともとは友人に教えられた店だったんです。僕、ショットグラス集めが趣味なんですけど、その骨とう品店にも良いショットグラスがあるということで訪れたんです」

「キミがやるとまた絶妙に腹立たしい趣味だな」

結局、目当てのショットグラスは見つからなかったが、何度か通うようになったそうだ。ある日、店主に妙なものを紹介されたという。

「絵画に興味はないか？　って店主が訊いてきたんです。話を聞くと、それがただの絵画ではなくて」

「呪われた絵画」

「そうです。購入し家に飾った人物が、必ず不幸になる絵画があるというんです」

「古典的すぎてカビの生えた題材だな」

「でも、身近にあると言われたら、やっぱり少し気になるでしょ？」

ひづるは否定をしなかった。黙ったまま、先を続けるよう強羅を促す。波稲も四個目の鈴竹を食べながら話を聞く。ちらりと壁にかかった時計を見ると、昼休み終了と次の講義の開始まで五分を切っていた。まずい。そろそろ席を立たないといけない。だけど話は聞いていたい。

「絵画を買わないかと誘われたんですが、高くて僕は手が出せず。でも知り合いのよしみで、一日だけ貸すと言ってくれたんです。飾って確かめてみればいいと」

「それで、飾ったのか？」

「はい。家に一日だけ」

「どうなった？」

「それが……」

何かの演出みたいに間を開けて、強羅は答えた。

「怖くなって家を出て、その日はネットカフェで過ごしました」

波稲とひづるが同じタイミングで、がく、と体を崩す。いらついたひづるが強羅の座る椅子を再び蹴り始める。次の講義まであと一分だった。

「舐めてるのか。私を舐めてるのか」

「だって無理ですよ！　絵も不気味でしたもん！」

「ちなみにどんな絵なんだ？」

「細身の体型の女性が窓の外を見て微笑んでる絵です。横を向いてるんですけど、いまにもこっち振り向いてきそうで」

溜息をつき、ひづるは椅子に腰かけなおす。

「結局、怪奇現象の類には遭遇していないわけか。つまらん」

「でもその絵画、購入にはちょっと変わったルールがあるんですよ。僕は怖くて逃げましたけど、ルールを聞く限り、噂は本当かも」

「どんなルールなんだ」

強羅が説明しようとしたそのとき、チャイムが鳴り始めた。こんなところでタイムオーバー。波稲は急いで席を立ち、学食を飛び出した。

「あとちょっとやったのにぃ！」

波稲の叫び声が、むなしくキャンパス内にこだました。


週末、ひづるが例の骨とう品店に行くというので、波稲もついていくことにした。放課後に待ち合わせ場所の駅で待っていると、ロータリーに黄色のシュエットがすべり込んできた。運転手は一人しか思い当たらない。どうやら電車は使わないらしい。波稲は黙って助手席に乗り込んだ。

「絵画を買ってみようと思う」走り出してすぐ、ひづるが言った。

「この前言うてた購入のルールって、結局何やったん?」

「行ってみてのお楽しみにしておこう。どうせ店主から説明を受ける」

「もったいぶって。ずるい」

どのような購入ルールなのかいまだに波稲には明かされないが、少なくとも、直接ひづるが出向く程度には興味がそそられる内容だったらしい。

一時間ほど走り、吉祥寺駅の周辺につく。大通りから一本逸れて、葉っぱが赤く彩られた、秋らしい並木道をさらに進む。途中の信号を折れ、あらわれた坂道の途中に、その骨とう品店はあった。青いひさしが印象的で、店の表にはアンティークの椅子や机、いつ使うかもわからないネオンの看板が粗雑に置かれ、いかにもといった感じの外見だった。

ちょうど車一台が停められるスペースがあり、そこにシュエットがおさまっていく。車から出ると、店主が出迎えにあらわれた。葉っぱの柄のエプロンを身につけた、温厚そうな眼鏡の男性だった。年は五〇代ほど。

「強羅くんから聞いてますよ。店主の飯田です。ようこそ南雲先生。いや、あのミステリ作家がうちに来てくださるなんて光栄です」

「あのアロハ、余計な紹介の仕方を……」

ち、とひづるが舌打ちをする。担当編集の強羅とこの店主がどれだけ親交があるかは知らないが、覆面作家として活動しているひづるの身分を、あっさりとバラしていたようだ。もしも強羅がほかの知り合いにもバラしているとすれば、ひづるにとっては許されない事態だろう。

「もちろん誰にも言いません。というより話せるような友人もいません」

自嘲気味に飯田が笑う。

「呪われた絵画を購入にしに来た」

「存じてますよ。いまお持ちしますね」

飯田が店の奥に消えていく。ついていくように、波稲とひづるも店内に入る。さまざまな雑貨が所せましと並んでいた。むき出しのまま置かれたソファや机といった家具や、棚にしまわれた高価そうな食器類など、視線をどこかに向ければ必ず何かの品が目に入る。子供が喜びそうな水鉄砲やスーパーボール、ボードゲームも飾られているかと思えば、甲冑や短剣、ボウガンにスリングショットなど、物騒な中世の武器も目に飛び込んできた。

それぞれの品へ誘導するように通路がいくつかあったが、どれも無駄に曲がったり迂回させたりを繰り返し、人を迷わせようとするかのような意図を感じる。

やがて店の奥から、飯田が布のかかった絵画を抱えて戻ってきた。器用に狭い通路を歩き、波稲たちのもとにやってくる。

雑貨のソファの上に乗せ、絵画にかかった布を取っていく。波稲が緊張でつばを飲み込むと、ごくりと喉が鳴った。

「こちらです」

　あらわれた絵画に、思わず目を奪われた。

　家の窓辺の椅子に座っている金髪の女性。肌は白く、窓のふちに腕を乗せて、差し込む陽を気持ちよさそうに浴びている。薄い肌着をまとい、妖艶な雰囲気があった。女性の左手の薬指には結婚指輪がはめられている。

「油彩画か。呪われている絵画にしては美しいな」ひづるが感想を漏らした。

「でしょう？　そこが巷にあふれる呪われた絵画との違いです。絵の具に血が使われているわけでも、殺人鬼が描いたわけでも、悪魔にとり憑かれた女性を描いたわけでもない。ただ一人の、朝日を浴びている女性を描いただけの絵。それでも購入した人物はなぜか必ず怪奇現象に遭う。住んでいる家に異常をきたしたり、本人の具合が悪くなったり」

「それを試しに来た。金額は？」

　飯田が絵とひづるの間に立ち、彼女を見つめる。値踏みするかのような、奇妙な目つきだった。

「五〇万円。現金払いです」

「聞いていた通りだな。いいだろう」

　即決だった。人気作家の経済力に少し引いた。

「ただしルールがあります。強羅さんからすでにお聞きになられているかと思いますが、一応、ご説明させていただきます」

気になっていた購入ルール。ひづるが興味を抱くことになったきっかけの一つでもあるそれが、ついに明かされる。

「なんらかの怪奇現象に見舞われてもこちらは責任を一切負いません。それから、返品は受け付けますが、返金は受け付けません。軽はずみに購入されていく方に少しでもご遠慮いただくためのルールです。ご理解ください」

「承知している。購入させてもらおう」

ひづるがジャケットのポケットから札束の入った封筒をぽいと出してきて、またしても波稲は引いた。店主の飯田が受け取り、額を数え始める。

ふたを開けてみれば実にシンプルなルールだった。責任は負わない。返品は受け付けるが返金はしない。たったそれだけ。だが、噂の信ぴょう性を高めるには十分な材料でもある。

「確かに確認しました。梱包(こんぽう)してお送りします」

飯田に渡された送り状に、ひづるが住所を記入していく。だが途中でそれを丸めて床に捨ててしまった。

「我慢できない。やっぱり直接持って帰る」

ではそのように、と飯田が返事をする。梱包を待っている間、波稲とひづるは店内を適当にうろつくことにした。ひづるはそわそわと落ち着きなく、動物園の檻にいるトラのように、同じ場所を行ったり来たりしていた。わきあがる好奇心を抑えられていない様子だ。そして気づけば、波稲も同じような動きをしていた。

「ふふふ、楽しみだ。どんな怪奇現象が起こるか」

「亡くなった作者が、あの絵になんか恨みでもこめたんかな」

「死の直前に何か壮絶な体験をしていたという可能性もある」

二匹のトラが会話をしていると、あの、と飯田が割って入ってくる。梱包が終わったのかと振り返ったが、まだ途中だった。飯田の用事は別にあるらしかった。

気まずそうに笑って、飯田はこう答えてきた。

「作者なら、まだ生きてますけど」

店の前で待っていると、三〇分ほどで男が徒歩でやってきた。長身で茶髪の天然パーマで、目鼻立ちがはっきりしている。俳優をしていると言っても通りそうなひとだった。

「寺田(てらだ)・クリス・アンダーウッドです。作者です」

店主の飯田とは親交があるようで、彼がクリスの紹介を補足していく。

「母親がオーストリア人で、数年前から日本に住むようになったひとです。彼の描いたいくつかの絵を買い取って販売してるんですよ」

「そのうちの一つが、あの絵か」

ひづるの言葉に、そうです、と流暢(りゅうちょう)な日本語でクリスが答える。

「タイトルは『窓辺の彼女』。オーストリアに住んでいたときに付き合っていた女性を描いたものです。結婚して妻となった彼女を描きました。その未来は残念ながら訪れませんでしたが。呪いの絵画と呼ばれていることは前から知っていましたけど、どうしてそんなことになったのか僕にはわかりません」

波稲とひづるが目を合わせる。謎がますます深まる。これでは本当にただの絵画だ。怪奇現象など起こるのか、少し疑心暗鬼になってきていた。いや、まだわからないと波稲は気を持ちなおす。このクリスは実はとんでもない殺人の指名手配犯なのかもしれない。そんなひとが描いた絵画なら呪いがかかっていてもおかしくない。

微妙な空気を察したのか、クリスがぺこり、と頭を下げてくる。

「なんか、本当にすみません。お騒がせしてるみたいで」

低姿勢な良いひとだった。

2

部屋の壁に飾られた絵画を眺め、満足そうに波稲はうなずく。絵が一枚あるだけで、華の女子大生にしてはあまりにも殺風景だったこの一人暮らしの部屋が、少し彩りを持ったような気がしてくる。呪われているかもしれない、という点が特にいい。

評論家のように絵画を眺める波稲の後ろで、ひづるはベッドに腰かけて不機嫌そうにしている。

「私が購入したものだというのに」

「えへへ、でもゲームに乗ってきたんはそっちやろ」

帰り道の車中でのことだった。

波稲とひづるは、絵画をどちらの家に飾るかで小さな喧嘩になった。二人ともが自分の家に飾りたがった。最初は「相手が呪われないために自分が犠牲になる」などと表面上な理由でとりつくろう二人だったが、お互いに譲らず、エスカレートし、最後には本音がぶつかり合っていた。

「ひづるちゃん一生に一度のお願い！　私も自分の部屋で呪いを検証してみたい！」

「ならば私は一生に一度の拒否だ。金を出したのは私なのだから、所有権も同様に私にあり、よって私の家に飾られるのが自明であり当然の帰結だ。呪いは私が最初に体験する」

「……ここ最近の出来事、パパにまだ報告してないんだよね。ひづるちゃんが暴走車に私を乗せたことを知ったらどんなお小言が飛んでくるかなぁ」

「呪いの絵画を自分の部屋に飾りたがる娘の姿を知ったらどうなるだろうな」

埒が明かないので、やがてゲームをして勝敗を決めようということになった。波稲が思いつき、提案したのはしりとりだった。聞いたとたん、ひづるが勝利を確信するように、鼻で笑ってきた。

「作家に語彙力で勝負するとはいい度胸だ。よしやろう。制限時間もつけるぞ」

「ええよ、一つの回答にかけていい時間は一〇秒までね」

「五秒にしよう」

ひづるも波稲も自信満々だった。語彙力で勝てる相手ではないが、波稲は秘策があった。

「それじゃあ、しりとり」波稲が始める。

「リボソーム」

「ムーニエの定理」

「量子エレクトロニクス」

「ストークスの定理」

「………粒子」

「シローの定理」

「リオ」「オイラーの五角数定理」「理化学」「クロネッカーの定理」「琉球絣」「リンデマンの定理」「リア王」「ウィグナーの定理」「リンパ」「パーセバルの定理」「利他」「多角数

定理」「……くそ、出てこない油断した！　なんだその定理しばりは！」

ということで、初日は波稲の部屋に飾られることになった。たった一度だけできる奇襲で見事に勝利を飾り、呪いの絵画を招き入れることに成功したのだった。

言うまでもなくひづるもついてきて、今夜は泊まる予定だった。デリバリーで注文したスペイン料理を食べながら、そのときがくるのを待つ。

「呪い、まだかなぁ」

「住んでいる家、もしくは住人の体に直接異常が起こると店主は言っていたな。整理してみるとやけに抽象的な説明だ。もう少し具体的に聞いておくべきだった」

その必要はなかった。

わずか数時間後に、身をもって知ることになったからだ。


夜の三時まで粘ってみたが、先に波稲のもとに睡魔が訪れ、とうとう限界を迎えて眠ることにした。付き合うようにひづるも明かりを消し、就寝した。

息苦しさを感じたのは、その直後だった。

喉のあたりに妙な重みを感じた。気のせいかと思い、深く息を吸おうとするが、上手くできなかった。

「ひづるちゃ……」

すぐそばの床に布団で寝ているひづるに助けを求めようとするが、声が出しづらくなっていた。体も起こせない。呼吸がますます苦しくなっていく。

まるで誰かが自分の体に乗り、首を絞めてきているかのようだった。一度想像すると、そのイメージに完全にとり憑かれた。絵画のなかの女性の姿が見えるような気がした。穏やかな笑みを浮かべていた美しい女性の顔が豹変し、充血した目とむき出しになった歯、それからよだれが垂れて——

「ひづるちゃん!」

叫ぶと同時、明かりがついた。ひづるが立って明かりのスイッチを入れてくれていた。息を切らし、ふらつきながら、首元を押さえている。

がたがた、と、突然窓が揺れ始める。インターホンの音も聞こえた。断続的に何回も押され続けていた。

ひづるに視線を戻したところで、波稲は思わず悲鳴を上げた。顔がぐにゃりと歪んでいたからだ。ゴムのように伸び縮みし始め、不気味な笑みをつくっていた。口元から血が流れ、やがてぼろぼろと歯が落ち、その音が床に響く。

「波稲」と、泥がつまったようなくぐもった声で、ひづるが自分を呼ぶ。逃げようとするが体が動かない。そのまま近づいてきて、ひづるの右目の眼球が、ぼとっ、と波稲の寝ているベッドのシーツに落ちる。

「波稲！」

肩を揺さぶられ、ようやく我に返る。異常のない、普段の整ったひづるの顔が目の前にあった。いまのはいったいなんだ。

「目がうつろだ。泳いでいる。幻覚を見ているのか？」

「いや……大丈夫。もう平気になった。ごめん」

そのとき、ひづるの表情が固まる。急に青ざめたあと、近くのキッチンまで駆け出していく。それから吐く音が聞こえた。蛇口から水の流れる音が続く。耳を澄ませながら、正気に戻ろうと努める。新鮮な空気が欲しいと思い、窓に近寄り、そのまま開けた。

目をつぶり、夜風を浴びるといくらか呼吸が整った。ようやく落ち着き、ふと視線を向けた先の壁に、あの呪いの絵画があった。

絵のなかの女性は、ここに来たときと同様、陽光を浴びて穏やかな笑みを見せている。

翌日。二人は波稲の通う大学を訪れていた。目元にクマをつくり、一つの目的地に向かって、二人は一定の歩幅と速度で歩き進めていく。そんな姿は、はたから見れば異様というほかない。まるで呪われているかのようだった。

結局あれから一睡もできず、二人は互いに立てた仮説を検証し合っていた。朝になる頃、二人は同じ結論にたどりついた。その仮説を証明するべく二人が向かっていたのは、化学

ブツ

荳也阜縺ッ謐ｨ睚。谺。蜈?↓論倥 j 逡ｳ縺セ繧後◆菴吝膿谺。蜈?°繧峨?萓ｵ逡・閠??ヲ
諡。譟｣縺吶 k 縺薙?荳也阜繧堤ｹ九°C縺ｨ繧√↑縺代 | 縺ｰ縺ｪ繧峨↑縺...

科が普段使う実験室だった。

「あゆみちゃんに相談したら、化学科の友達が一人いて。この時間帯やったら使ってもいいって。レポート提出前の追い込まれた学生のために開放してる実験室が、一つあるみたい」

「手早く済ませよう」

実験室棟に入り、目的の部屋を見つける。なかにあった機械を見つけて、波稲とひづるはうなずき合った。

「これを使いたかった。ガスクロマトグラフ」

「溶液や気体の成分を分析してくれる機械。さっそく調べようひづるちゃん」

ひづるが脇に抱えた絵画を台に置き、それから実験用のピンセットで絵画の表面を削っていく。ガスクロマトグラフで分析できる量の試料を採取していくのが目的だ。対象は絵の具が使われている部分。

波稲は実験に意識を戻し、腰ほどの高さまである大きな機械に、臆することなく近づいていく。使い方のマニュアルはすでに頭に入っていた。

「絵画に使われた絵の具と顔料による揮発性の毒物の影響。それが一応、私とひづるちゃんが立てている仮設だけど」

「鮮やかな色が出るという理由で、毒物が含まれている顔料は意外に多い。こういう呪いの絵画にはつきものの仮説だよ。古典的でつまらないシナリオだが、幻覚や嘔吐(おうと)、手足のしびれ、呼吸困難。どれも気化した毒物を吸い込んだときの特徴にあてはまる」

試料となる絵の具を溶かした溶液を注入口に入れ、分析を始める。どの絵の具や顔料に毒物が含まれているかはわからない。採取したものを一つずつ試していく。一つでも見つかれば、仮説は立証できる。

一つめの試料の分析が終わる。検出された成分データを確認し、ひづるが首を横に振った。

「これじゃないな。オレンジの顔料が使われていたから、カドミウムあたりが該当するかと思っていたが。次を試そう」

次は緑の顔料を溶かした溶液。同じような手順でガスクロマトグラフにかけ、分析を行う。溶液は機械内で熱を加えられることにより、まず気化する。気体となった試料に含まれた成分を分析してくれる仕組みだ。

二つめの試料の成分データを見て、またしてもひづるが首を横に振った。

「シェーレグリーンというわけでもなかったか。これも違う」

「シェーレグリーン?」

「美しい緑色をつくることができる毒物だ。本の表紙の塗装にも使われた歴史がある。ちなみにその本は、『読むとひとが死ぬ』という都市伝説まで生まれたほどだよ。気化したシェールグリーンを吸い込んでしまったことにより、体調を崩したんだ」

そのシェールグリーンでもなかった。試料の数が少しずつ減っていく。成分データから毒物が検出されないという結果が出るたび、仮説の立証が遠のいていく。

「試料はこれで最後だ。白の絵の具だから、鉛が含まれている可能性がある」

ガスクロマトグラフにかけ、結果を待つ。実験用テーブルに置かれた絵画を見る。いまは安全のため、透明なビニール袋に包んで保存していた。絵のなかの女性は、今日も窓の外を眺め、やさしく微笑んでいる。この女性はどんな人物なのだろう、と波稲はいまさらのように考える。かつて付き合っていた女性を描いていたと言っていた。左手の薬指に指輪がはめられている。ということは、一度婚約もしていたのだろうか。

「違った。これも毒が含まれていなかった」

ひづるの声で我に返る。これで用意した試料の分析はすべて終わってしまった。つまり、使われた絵の具や顔料に毒物は含まれていない。昨日、絵画を飾った部屋で自分の体に起こった異常は、限りなく毒を吸い込んだ状態に近かった。絵に毒が含まれていないなら、いったいどこに?

「定量分析の方法を間違えたかな。もう一度試してみる?」

「いや、そうじゃない」

ひづるが言う。

「まだ調べてないところがある」

その言葉に波稲も、はっと閃き、気づいた。二人で顔を合わせ、そして同時に絵画を見つめる。まだ調べていないその場所を、同時に指さす。

「額縁だ」


モニターに分析結果が表示される。『成分』と書かれた部分にあらわれた単語を見て、とうとう求めていた答えを見つけた。

「キシレン、ミネラルスピリット、n-ブタノール、トリメチルベンゼン。これだ。毒が含まれていたのは、額縁に塗られていた保護用のニスだ」

「やっとつきとめた……」

実験室にこもり、気づけば五時間が経っていた。手早く終わらせる、ということはできなかったが、目的は達成できた。大学に入って以来、波稲が実験室で本格的な仮説の検証と実験を行ったのは、実は今日が初めてだった。最初の実験が、まさか呪われた絵画の分析になるとは思っていなかった。その事実に、あらためて波稲は笑う。

「袋に密閉して保存すれば、部屋のなかでも鑑賞は問題ない」

「今日はどうする？　最初の予定では呪いの現象がどの家でも起こるのか検証しようって話やったけど。ひづるちゃんの部屋でも飾ってみる？」

「そもそもこれは私の私物だ」

「そうやった」

絵画を抱えたひづるとともに、実験室を後にしようと立ち上がる。

ドアを開けて出ようとしたそのとき、がた、と何か音がした。振り返ると、風で窓が揺れた音だとわかった。しばらく眺めていたが、窓が再び揺れることはなかった。

「どうした、行くぞ波稲」

「……うん」

ひづるに呼ばれ、外に出る。


ひづるの家で絵画を飾り終える頃には、夕方になっていた。波稲が部屋で絵画を飾っている間、ひづるはほかの作業があると言って、玄関のほうで何か手を動かしていた。

ひづるのベッドで休憩しながら波稲は、ぐうう、と鳴るお腹を押さえる。昼間は実験を延々と続けていたのでまともな食事を取れていなかった。小腹を満たそうと起き上がり見回すと、いつもあるはずのものが消えていた。

「『鈴竹』がないよ」

「ああ、あれは片づけた」戻ってきたひづるが言った。

「そんな！　まだぎょうさん箱の山あったのに。もったいない」

「さっきデリバリーを注文しただろ。我慢しろ」

今日は波稲がひづるの家で泊まっていく予定だった。今日のデリバリーはインド料理を注文していた。チャイティーがとても楽しみだった。

「えへへ、二日連続デリバリーとか、贅沢やわぁ。バチ当たらへんかな」

「必要な金銭さえ払えばそれだけの価値が返ってくる。当然の等価交換だ。学食のうどんも、呪われた絵画も、すべて同じだ」

「お金でなんでも解決できてまうって、ちょっと寂しい気もするな」

「すべてというわけじゃないさ。ほとんどは解決できるが、すべてじゃない。たとえばどれだけ金を積んでも死者は生き返らない。あともう一つ、どれだけ払っても手に入らないのは——」

言いかけたところで、インターホンが鳴った。波稲が返事をするように、またお腹を鳴らした。

「もうデリバリーが届いたか。やけに早いな。……だがエントランスをどうやって抜けたんだ？」

「インド料理だ！　カレーだナンだチャイティーだ！　等価交換最高！」

溜息をつくひづるを無視して、波稲が飛び跳ねて玄関に向かう。

受け取ろうとドアを開けたところで、笑顔が消えた。

「あれ？」

誰もいなかった。

デリバリーの配達員も、インド料理のカレーも、ナンも、チャイティーも、どこにもなかった。

「誰か間違えたのかな」

がっかりしたように波稲がリビングに戻ると、数秒も経たないうちに、またインターホンが鳴った。ピンポーン、と部屋にチャイムが響く。

波稲が再び玄関のドアを開ける。またしても誰もいなかった。様子を見に、ひづるもやってくる。

「いったいなに？」

玄関先で少し待ってみるが、人影は見当たらなかった。あきらめてドアを閉じ、リビングに戻る。

そしてまたしても、インターホンが鳴った。今度は一度ではなく、連続で部屋中に鳴り響き続けた。ピンポーン、ピンポーン、ピンポーン、ピンポーン。

ひづるが駆け出し、玄関のドアを開ける。波稲もあわてて追いつく。誰もいなかった。

そこには誰もいなかった。

「ひづるちゃん、これって……」

バン、と何かが破裂するような音が部屋に響く。ドアを閉めてリビングに戻るが、部屋に異常はなかった。

見回していると、再び、バン、と音が響く。音は窓から鳴っていた。巨人の手が、勢いよく窓を叩いているような音だった。バン、バン、バン、バン。叩かれた衝撃が壁に伝わり、近くの絵画がずり落ちる。

駆けより、カーテンを開く。またしても何も見つからなかった。鳴らされ続けるインターホンと、しきりに窓を叩く音。まるで誰かが、入ってこようとしているみたいだった。

飲み込んでいた言葉を、波稲が吐き出す。

「これって、まさか呪い？」

3

駐車スペースに車を停め、後部座席から絵画を下ろしていると、店主の飯田が近づいてきた。いまにもこちらの肩に手を置いて、慰めてきそうな笑顔を浮かべていた。

「どうも南方さん。絵画を持って来たんですね。察しはついてますよ、ご返品でしょう？ほかの方に比べて少し早かったですが、賢明だと思います。これまでには長い期間置きすぎて、ストレスで会社を休職された方もいました」

どうぞなかへ、と飯田が店内に迎える。絵画を脇に抱え、後に続きながら、ひづるが彼に質問をする。

「店内で絵を飾っている間、怪奇現象は起きないのか？」

「コツがあるんですよ。飾るのではなく、保管しているんです。鑑賞用に飾っていなければ、不思議と呪いは力を発揮しなくなるみたいです」

「なるほどな。ついでにもう一つ聞いていいか？」

「ええ、どうぞ」

「私はいつ、貴様に本名の苗字を教えたかな？」

ぴたり、と店内の通路を進んでいた飯田の足が止まる。

答えない飯田の代わりにひづるが続ける。

「私はここでは南方とは名乗っていない。ただの一度もな。担当編集づてに紹介されたせいで、南雲竜之介と名乗らざるを得なくなっていたから」

「……その強羅くんに教えてもらったんですよ。こっそりね」

「もちろんあり得る話だ。だがもう一つ、こういう可能性もある。私の自宅前までやってきた貴様が怪奇現象を装ってインターホンを鳴らしまくり、そのときついでに表札を見た、とかな」

飯田は二人のほうを振り返らない。

「……南雲先生の住所なんてどうやって知るんです？」

「絵画を購入したとき、送り状に住所を書いた。あの用紙を丸めてここに捨てた。暇な骨とう品店の店主あたりが餌(えさ)に食いつくと思ったが、プロット通りの結果になったな。ニスを使ってきたのは予想外だったが」

「なんだと？」

飯田が振り返る。接客用の笑顔はもうすでにそこにはなかった。ひづるがあのとき、急に自分で持ち帰ると言ったのには、気分が変わった以外にも理由があった。事前に聞いていた波稲は、その抜け目のなさと嫌らしさに、思わず苦笑した。

「私がやったという証拠はあるんですか？」

「平凡な犯人が吐くありきたりな定型文だな。インターホンが連打される以外にもう一つ、窓が叩かれる現象が起きた。あれを実現できる道具がこの店に一つある」

波稲、と名前を呼ばれる。

合図を受け取り、店に入ってきてから観察を続けていた結果を告げる。

「うん。この前来たときにあったものが一つだけなくなってる。そこにあった、スリングショットが。窓を打つのに使ったみたいだね」

指さす先、甲冑と短剣とボウガンが飾られた間に、ちょうど一つ分だけ、台座に物を置ける空間があった。埃(ほこり)がかぶっておらず、何かが持ち去られたあとがわかる。指摘されてようやく気づける、わずかなスペース。

なんでそんなことがわかるんだ、と飯田が困惑の表情を浮かべる。

「間違い探しは得意なんですよ」波稲が言った。

「……お、お客さんが買っていったんだ」

「まあそう言うしかないだろうな。だから次は決定的な証拠だ」

ひづるがカバンからあるものを取り出す。それを見た飯田の顔が、一気に青ざめるのがわかった。

ひづるの手のひらに乗っているのは、小型の黒い筒状の機器。筒の先にはレンズがついている。数秒見れば、誰もがそれが何かを理解できる。

「監視カメラ。ちょうど手元にあってね。録画データ自体はスマートフォンに転送されているから持ってくる必要はなかったんだが、確実に言い逃れをさせないために、一応現物も持ってきた」

スマートフォンを取り出し、ひづるは録画映像を流す。地面から見上げるようにして映る画角に、キャップをかぶった男があらわれる。インターホンを押し、去っていく姿がしっかりと映っていた。遅れて自分が玄関を開けた姿も映っている。それから、戻ってきた飯田がインターホンを押し、去ったあとにまた戻ってきて、最後には連打し続けるという、シュールな映像が流れ続けた。

「か、監視カメラって……普通じゃない」

「訂正させてもらうなら、世の中に普通の人間など存在しない。ただ平凡な人間がいるだけだ。そして貴様はその部類に入る。呪いの絵画の噂を流し、怪奇現象を演出し客を怯えさせる。最後には返品させて、代金だけをせしめる。そういう平凡な店主だ」

そのとき、飯田が突然駆け出す。店の雑貨を落としながら、なりふりかまわず通路の奥へと逃げていく。視線だけ追いかける二人を取り残し、その姿が店の奥へ完全に消えていった。

「裏口から逃げたな」

「出てみよう」

波稲とひづるが店を出ていく。ゆっくり歩き進めると、歩道の先でスーツの男性に取り押さえられている飯田の姿があった。

二人が近づくと、静寂島警部が、うんざりしたような顔で振り返ってくる。

「先生、最近色々なことに巻き込まれすぎじゃありませんか?」

「キミの手柄になるのだからいいじゃないか。いまだってキミの待機準備が済むまで無駄に店主との会話を引きのばしてやっていたんだ」

「いつか間に合わなくなっても知りませんよ。事件に巻き込まれる呪いでもかかってるんじゃないですか?」

「アイデアを求めるあまり好奇心の感度が上がって、取材の頻度が増えていることは否定しない」

悠々と二人が会話している光景に心が折れたのか、押さえつけられた飯田は、とうとう抵抗するのをやめた。


「絵画は証拠物として押収する可能性がある」という説明を受けたあと、波稲たちは静寂島警部と解散し、黄色のシュエットでまっすぐ帰路についていた。後部座席には絵画『窓辺の彼女』が乗っている。揮発したニスを吸い込まないよう、透明なビニールで丁重に包まれていた。

「結局これ、どうするん？　押収されたあとは返してもらうん？」

「もちろん。額縁の部分だけ取り外して、絵は飾る。眺めていればアイデアがもらえそうな気がするしな」

後部座席のほうを振り返る。絵画の女性は窓の外を見つめて微笑んでいる。こちらを向いてくることなど、もちろんない。だけどいまにもその顔が動いて、目が合うような気がしてくる。ここ数日、誰かに見られているような気配がずっとある。飯田が捕まり解決したはずなのに、それがまだ、波稲の心には残ったままだった。

車が波稲のマンションの前に停まる。降りて、絵画とひづるの乗った車を見送ったあと、部屋に向かう。あの絵画を部屋で飾るひづるの姿を想像する。大丈夫だろうか。本当にこれで終わったのだろうか。

部屋に戻り、念のため窓を開けて換気する。一日ぶりの帰宅だった。ベッドに飛び込み、寝転がったままスマートフォンを確認すると、メッセージが一件来ていた。確認すると、友人のあゆみからで「今日大学来てる？」という短い一文だった。そうだ、今日は午後から講義を二コマ取っている日だった。いつもは学食にいて一緒に過ごしている時間帯だ。心配して連絡をくれたのだろう。

起き上がろうとしたが気力がわかなかった。この前の徹夜で消耗した体力がまだ戻っていないようだった。休む連絡と、実験室を使わせてもらったお礼のメッセージを返し、スマートフォンの画面を落とす。そういえば今日は週に一度、父に電話を入れる日でもあった。絵画のことを話すかどうか迷っているうち、気づけば眠っていた。

インターホンが鳴った音で、波稲は目を覚ます。気づくと夜の八時を過ぎていた。こんなに経っていたのかと驚く。時間を飛び越えた気分だった。

ゆっくり頭を覚醒させていると、再びインターホンが鳴った。そうだ、それで起こされたのだった。

「誰ぇ？　ひづるちゃん？」

目をこすりながら廊下を進み、ドアを開けようとする。その瞬間、ドアノブを握った手が本能的に止まった。なぜエントランスのインターホンではなく、玄関のインターホンが鳴っているのだろう。ドアを隔て（へだ）た先にいる誰かは、どうやって部屋の目の前までやってきたのだろう。これではまるで——

ピンポーン。

思考を途切れさせるように、もう一度、インターホンが鳴る。その間隔がどんどんと狭（せば）まっているのに気づいた。

ピンポーン、ピンポーン、ピンポーン。

どうする。開けるべきか。

でもここには自分しかいない。何かあっても身を守れる自信がない。ドアノブを握る手に力をこめる。だけどそこでどうしても止まってしまう。気づけば部屋中にインターホンが鳴り続けていた。ピンポーン、ピンポーン、ピンポーン、ピンポーン。

「な、なんで私のところに現象が？　絵があるんはひづるちゃんの家やのに……」

インターホンの音が、そのとき、ぴたりとやんだ。待ち構えてそなえるが、それきりインターホンは鳴らなくなった。

おさまったかと思い、外の様子を窺（うかが）おうとドアを開けようとした瞬間だった。

「ひっ」

バンッ！　と、今度は強い衝撃音が響いた。驚き、思わず尻もちをついてしまう。

誰かがドアを叩いていた。さらにもう一度、ドアを叩いてくる。声を出せない誰かが、開けろ、と必死に叫んでいるようにもみえた。開けろ。開けろ。開けろ。開けろ。耳をふさぎたくなる衝動を抑え、波稲は目の前で起こっている異常を観察し続ける。

やがてドアを叩く衝撃に慣れ始めると、恐怖よりも怒りが、徐々に脳を占領し始めていた。バンッ！　と、とびきり強く音が響いて、波稲はとうとう開ける決意をした。

「いいかげん、やかましわ！」

ドアノブをひねり、開けようとするが外に出られなかった。呪いかと思ったが、鍵をかけていたことを忘れていただけだった。もたつきながら開錠し、気を取りなおして外に飛び出す。開けたドアで、そこにいる誰かをなぎ倒す勢いだった。

外には誰もいなかった。見回しても、人の気配はどこにもなかった。

ドアのほうを見た瞬間、抑えていた恐怖が再びわきあがってくるのを感じた。気づけばスマートフォンを取り出し、ひづるに電話をかけていた。

「もしもし、どうした波稲」

「ひづるちゃん。まだ終わってない……」

「なに？　……何があった？」

波稲は答える。

「呪われたんは、私の方みたい」

まだ終わってない……
なに？

……何があった？

呪われたんは
私の方みたい

見つめる先のドアの表面には、無数の手形がついていた。

ひづると会えたのは翌日の朝だった。待ち合わせ場所は再び大学の学食になった。すっかり気に入った様子の冷やしぶっかけうどんを朝から食べていた。

「すまない。昨日の夜は少し用事があったんだ。あれからどうしてた？」

「あゆみちゃんの家に泊まらせてもらってた。ついでにサボってしもた講義の復習もしてもらった」

一夜明けて、波稲にも少し余裕が戻っていた。何よりもいま、冷静なひづると話すことができているのが大きかった。昨日の出来事を説明しながら、自分の頭のなかでも、客観的に物事を整理していく。

「手形の写真はあるか？」

「うん。撮ったよ」

スマートフォンで撮影した一枚を表示する。冷やしぶっかけうどんを食べながらひづるが近づき、それを見る。

「女性の手にも見えるし、男性の手にも見えるな。断定は難しい」

「あの絵画のなかの女性が飛び出してきたんかな」

「昨日も優雅に窓の外を見て微笑んでたぞ。夜の間、どうしていたかは知らないが」

「そういえば夜の用事ってなんやったん？　取材？」

「そんなところだ。ミサキと会っていた」

ミサキ。誰のことだろう、と思い出すのに数秒かかった。危機回避倶楽部の教祖を裏で操っていたあの女性だとわかったところで、「えっ！」と思わず驚き、席を立った。勢いで椅子が倒れ、まわりが視線を向けてくる。波稲は恥ずかしさでうつむきながら椅子を起こし、座りなおす。

「なんであのひとのところに？　ていうかいまどこにおるん？」

「拘置所。面会に行ってきた。聞きたいことがいくつかあったから、その確認に」

「聞きたいことって？」

「いずれ話すよ」

ひづるはわかりやすく話を打ち切った。踏み込まれたくないのだとすぐに理解し、波稲もひづるの意思を尊重して身を引いた。

「絵画に話を戻そう。絵画はこちらの部屋にあったのに、怪奇現象はそちらで起こった。これは実に興味深い点だ。呪いがあると仮定するなら、過去にも同じような現象が起こっている可能性はある。前に絵画を所有していた人物たちを訪ねてみるのも面白そうだ」

ひづるがうどんを食べ進めていく。

「……ふふ」

「どうした？　何か可笑しいか？」

ごめん、とすぐに謝る。波稲が思わず噴き出してしまったのは、いまのひづるの状況が、いまさらのように可笑しく感じたからだった。

「いや、あらためて、学食にいるひづるちゃんがなんだか新鮮でさ。面白くて。普段ないはずのものがそこにあると、シュールで笑えてくるんだよね」

「ふむ。理解はできる」

写真に視線を戻そうとしたひづるの動きが、そのとき、止まった。

「いまなんて言った？」

「え？　……ええと、学食にいるひづるちゃんが新鮮だって」

「違う。その後だ」

「普段ないはずのものがあると、笑える」

「…………それだ」

嫌な予感がした。しかし、またしても止める暇がなかった。

椅子を倒しながら、そのまま勢いよく立ち上がり、ひづるは逆立ちを始めた。長い髪が床に垂れ、広がっていく。そのまま首を動かせば掃除ができてしまいそうだった。椅子を直すこともなく、まわりの学生の注目を浴び続ける。

「ひづるちゃんお願いやから構内でだけは勘弁して！　せっかく目立たんように大人しく

過ごしてんのに！」

「……波稲」

「友達ができなくなる！」

波稲の必死の抗議を無視して、ひづるはつぶやき始める。「『窓辺の彼女』、未来の夫婦、オーストリア人、あるはずのない場所にあるもの……」。逆立ちをしたまま、やがてこう答えた。

「面白いアイデア、閃いたかも」

4

自宅の前のゴミ捨て場を監視して、すでに二時間が経っていた。間もなく日が暮れようとしていた。ひづるがゴミ捨て場を注視し続けているのに対して、波稲は少し集中力が途切れかけていた。

「本当に来るんかな」

「私のプロット通りなら、回収しに来るはずだ」

ゴミ捨て場の塀に立てかけた絵画を、じっと見守る。監視を始めてから何人かが道を通り過ぎて行ったが、半分は絵画にすら気づかず、残りの半分は気づいても、不吉なものを見つけたみたいに早足で去るだけだった。餌に食いつこうとする人物は、まだあらわれない。

「監視してるんがバレてるんじゃ」波稲が言った。

「監視を始めたとき、周囲に尾行がないのは確認済みだ」

「買っといた牛乳とあんぱん、食べていい？　一回やってみたかったんよな、刑事みたいで」

「ごっこ遊びをしている場合か」

二つ買っておいたうちの一つを手に取る。ひづるにも差し出すが、いらない、と断られた。ちなみにつぶあんとこしあんを一つずつ買っていて、波稲はこしあんを取っていた。

「こしあん派なのか？」ひづるが訊いてくる。

「いや、そうじゃなくて、こしあんのほうのカロリー数値が３１９で、スミス数やったから。素因数の各位の数字の和と元の数字の各位の和が一緒になるスミス数は、一〇万以下の自然数に限るなら素数よりも少なくてレア度が高く――」

「わかったもういい。さっさと頬張って（ほおば）その口をふさぎたまえ」

パッケージの裏にある成分表示票にあるカロリー数値を写真で撮ったあと、波稲は満足そうにあんぱんを食べ始める。糖分が脳に染みて、最高だった。

「ずいぶん気が抜けてるな、波稲」

「んー、ひづるちゃんのアイデアを聞いてから、ちょっと緊張がゆるんだかも。納得いったのと、今回は自分の動揺ぶりがちょっと恥ずかしかったわ。ちゃんと教訓にする。異常なときほど、客観的に、俯瞰(ふかん)的に物事を観察するべきやんな」

「怪奇現象を演出してでも、絵画を自分のもとに回収したい人間は、店主のほかにもう一人いる。それは――」

そのとき、ごみ捨て場に人影があらわれる。立ち止まったあと、ゆっくり絵画に近づき、見下ろし始める。探していた目的の人物だった。

まわりを見回したあと、額縁に手をかける。その瞬間を見計らい、波稲とひづるは同時に飛び出す。

「くそ、廊下が狭い！」

「一人暮らしのマンションなんやから仕方ないやん！」

「私の後から続きたまえ！　さっきまで気が抜けていたくせに！」

「やっぱり真相解明の瞬間には立ち会いたいもん！」

肩をぶつけ合いながら、マンションの部屋を出る。ゴミ捨て場の近くの電信柱にでも張り込んでいればよかったが、二人が見張っていたのは部屋のなかからだった。

絵画を持ち去った人物が歩いた方向へ、追いかけていく。途中で電信柱に仕掛けた監視カメラを回収する。

「待ちたまえ」

ひづるの声に気づき、絵画を抱えた人物が足を止める。そのまま駆けて逃げ出すことも予想していたが、そうはならなかった。

「挨拶でもしていったらどうだ。自分が呪いの正体です、と」

あきらめたように、絵画を抱えた人物が振り返る。

画家の寺田・クリス・アンダーウッドは、二人に深くお辞儀をした。

呪いを演出していた人間は二人いた。客に返品させ、購入代金をせしめようとした店主の飯田。それから絵画の作者である、クリス。

「飯田さんが逮捕されたことを知りました。呪いが彼の自作自演であることも前からなんとなく気づいていました。彼が逮捕されれば絵も押収されてしまう」

「それで波稲に手放させようとした」

「怖がらせてすみませんでした」

でも、と波稲が質問を挟む。

「どうして私のところに？　絵はひづるちゃんの家にあったのに」

「私の勘違いです。絵画を買った初日、あなたがたがこちらのマンションに入るのを見たので」

なるほど、だから怪奇現象のズレが起きたのだ。クリスは絵がずっと波稲のマンションに飾られていると思っていた。まさか呪いを体験したくて絵を交換し合うほど、好奇心のある二人だとは、想像していなかったらしい。

「ここ最近感じていた視線は、あなたですか？」波稲が訊く。

「はい。大学の実験室であなたたちが絵を調べていたところも見ました」

「額縁にニスを塗ったのもあなたか？」ひづるが訊く。

「ニスですか？　確かに制作時に塗りましたが……何年も前のことですよ」

年数が経っているなら、とっくに揮発しているはずだ。ということは、最近新しくニスが塗られている。そちらは飯田のほうの仕業か。

波稲にはそれよりも訊きたいことがあった。まだ明かされていない、ただ一つの、一番重要な疑問点があった。

「どうしてこんなことを？　なぜ絵画を回収したかったんですか？」

抱えた絵画を眺め、クリスが小さく笑みを浮かべる。何かを思い出している様子だった。その記憶に触れ、やがて彼のもとから大事なものが去っていく様子が、波稲にも見えたような気がした。いくつもの感情が塗られたその笑みのなかで、一番強く見えた色は、悲しみだった。

「とても愛していた。このひとと人生を歩むのだと確信していた。だけど僕たちの心はいつの間にか離れていて、修復しようとするには、もう遅すぎた。これは彼女に渡すはずだった絵画で、夫婦になって暮らすオーストリアの家を想像し、描いたものでした」

「思い出が詰まった絵画だから、回収したかったんですか？　作者であっても、所有者の権利はすでにあの店主に移っていて、自力でお金を出して買うのも難しかったから」

波稲の質問に、そうじゃない、とひづるがクリスの代わりに応えた。

「絵画自体に思い入れがあるのも理由の一つだろうが、この絵には彼にとってもう一つ、大切なものが隠されていたんだ」

「大切なもの？」

ひづるが、クリスのほうに片手を伸ばす。絵画を預かっても？　という合図に、クリスがうなずいて応え、差し出す。

絵画を抱えながら、ひづるはポケットからあるものを取り出す。折りたたみ式の小さなツールナイフだった。

収納していた刃を出し、ひづるはそのまま絵画に突き立てようとする。

「ちょ、ちょっと。何してんの？」

「『普段はないはずのものがそこにある』。波稲の言葉がヒントになった。この絵画には、通常はありえない点が一つだけある」

「それって……？」

波稲に見えやすいよう、ひづるが抱えた絵画の向きを変える。

「この女性だよ。彼女はクリスの恋人で、オーストリア人だ。そして見てみたまえ、彼女は左手の薬指に結婚指輪をしている」

「それがどうしたん？　これは妻になった恋人を描いてるんやろ？　別に普通のことちゃうん？」

「波稲、結婚指輪を左手の薬指につけるという文化は、万国共通ではないんだよ。国によっては宗教上の理由で不浄の手として、左手の指につけるのを避ける国もある。ヨーロッパ圏では右手に指輪をつける国が多い」

「あ、まさか」

「そう。オーストリアもその一つだ」

ないはずのものがそこにある。

この絵画の、たった一つの矛盾点。

「クリスがその文化を知らないわけはない。ではなぜ、わざわざ左手の薬指に指輪を描いたのか。構図上、どうしてもそうする必要があったからだ。右手は窓辺にひじをついているせいで隠れてしまっている。左手の指に、どうしても描く必要があった」

ひづるがナイフを握りなおし、絵画に向かって突き立てる。左手の薬指のあたりに刃が当たり、ぼす、っとカンバス紙を突きやぶる音がした。

ほじくりだすように刃を動かし、そしてとうとう、隠されていたそれが、ひづるの手のひらにこぼれおちてきた。

あらわれた指輪は、絵のなかに描かれていたものと、まったく同じデザインだった。

「彼女にプレゼントするはずだったこの絵画に、クリスはプロポーズに贈るための指輪を隠していた。それは彼女に渡されることなく、長年眠り続けてしまった。クリスは絵画と指輪、その二つを回収したかったんだ」

その通りです、とクリスがうなずく。ひづるから受けとった指輪を静かに眺めて、彼はこう続けた。

「最近、彼女が亡くなったことを知りました。病を抱えていたんです。別れたのはそれが理由だったのかもしれない、と彼女の両親から聞かされました。だから手放した彼女の絵と、指輪を、手元に戻したかった」

「わからないことがほかにもある。なぜこんな手間のかかる方法を？　直接事情を説明に来れば早かったんじゃないか」

ひづるの質問に、自嘲気味にクリスが笑う。

「自分の作品で注目を浴びたのは、これが初めてだったんです。最初は戸惑ったけど、誰かがこの絵画の存在を知ってくれるのはうれしかった。それに、怪奇現象を起こしていれば、彼女がふざけた僕を怒りに来てくれるんじゃないかって」

ひづるが前に話していたことを波稲は思い出していた。金でほとんどのものは手に入るが、すべてではない。死んだ人間は金を積んでも生き返らない。そしてもう一つ、誰かからもらう愛も、金だけでは手に入らない。

ひづるは抱えていた絵画を、クリスに差し出す。驚いたように顔を上げた彼に、ひづるが言う。

「これはあなたが持っているべきだ」

「……いいんですか」

「こちらが訴えなければあなたが起訴されることはない。ゴミ捨て場に置いた時点で所有権は放棄している。取得者であるあなたがこの絵画のいまの持ち主だ」

「いやでもそれ証拠品やしそもそも被害受けたん私むぐ……」

指摘しようとした波稲の口を、ひづるが強引にふさいできた。クリスを思いやっての行動だとわかったが、それにしてもめずらしかった。だけど波稲はすぐに、この二人には共通点があることに気づいた。画家と小説家。二人とも、同じ創作者だ。

「ありがとう」と一言残し、彼女を抱えて、クリスが道の向こうへ去っていく。

画家のその後を、二人は知らない。

5

鉛筆が紙の上を走る音が室内に響く。撫でるように、ときには直線的に、あるいは激しく上下させて、波稲の手が動いていく。機械のように一定の速度で、白紙だったスケッチブックの用紙に、ここではないどこかが描かれていく。

完成したところで切り離し、距離を離して見つめてみる。

「んー、あかん」

あきらめたように鉛筆を転がし、描いた絵を放る。テーブルの上をすべっていき、向かいにいたひづるが落ちる前にそれを拾った。執筆の休憩のために淹れたコーヒーを飲みながら、ひづるは絵を眺める。

「『窓辺の彼女』か。よく描けているじゃないか」

「ただの模写やもん。記憶のなかの映像をなぞってるだけ。感情がこもってる感じがせん。あーあ、私も五〇万円の値打ちがする絵とか描いてみたかったな」

「画家の感情までコピーできればよかったがな」

「ほんまやな！　そんなんできたらコピー人間になってまうけど」

ひづるが鉛筆を転がすと、テーブルを伝って波稲の手元に返ってくる。戻ってきた鉛筆を拾いながら、こう尋ねる。

「ひづるちゃんは執筆するとき、どういう気持ちで書いてんの？」

「そうだな……自分が書いて後悔しないこと。それから読者が読んで後悔しないこと」

「簡単そうで難しそうや」

ひづるが笑って、執筆用の椅子に戻っていく。そうだな、と答えてコーヒーをデスクに置く。パソコンの画面と向き合い、キーボードに指を置くが、まだ書き始める様子はない。その姿は、演奏を始める前のピアニストにどこか少し似ている。

「クリスさん、どうしてるかな。呪いは結局なかったけど、でも誰かの愛の話とか聞けたのはよかったたな」

「呪いも愛も、相手がいなければ成立しないという点で、とてもよく似ている」

その二つはきっと互いに、受け取る相手や与える相手の加減によって、どちらにでも色を変える。

スケッチブックを拾い、波稲は鉛筆を握りなおす。

「ひづるちゃんを描いてもいい？　知ってるひとの姿やったら、心こめて描けそう」

「まあキミにならいいだろう」

答えたあと、ひづるはキーボードを叩き始める。集中状態に入れば、こちらの声も動きも、もう彼女には届かない。波稲はひづるの横顔を見つめる。

どうせ感情をこめるなら、やっぱり愛がよかった。

頼れる家族。そして一人の女性として憧れる姿。

波稲の手元が動き出す。速度にばらつきはあったが、さっきよりもとても軽く、スムーズに筆が進んでいく心地がした。

「お、ええ感じ」

キーボードを叩く音と、筆を走らせる音が、そっと重なっていく。

冷やしぶっかけうどん　300円（税込）

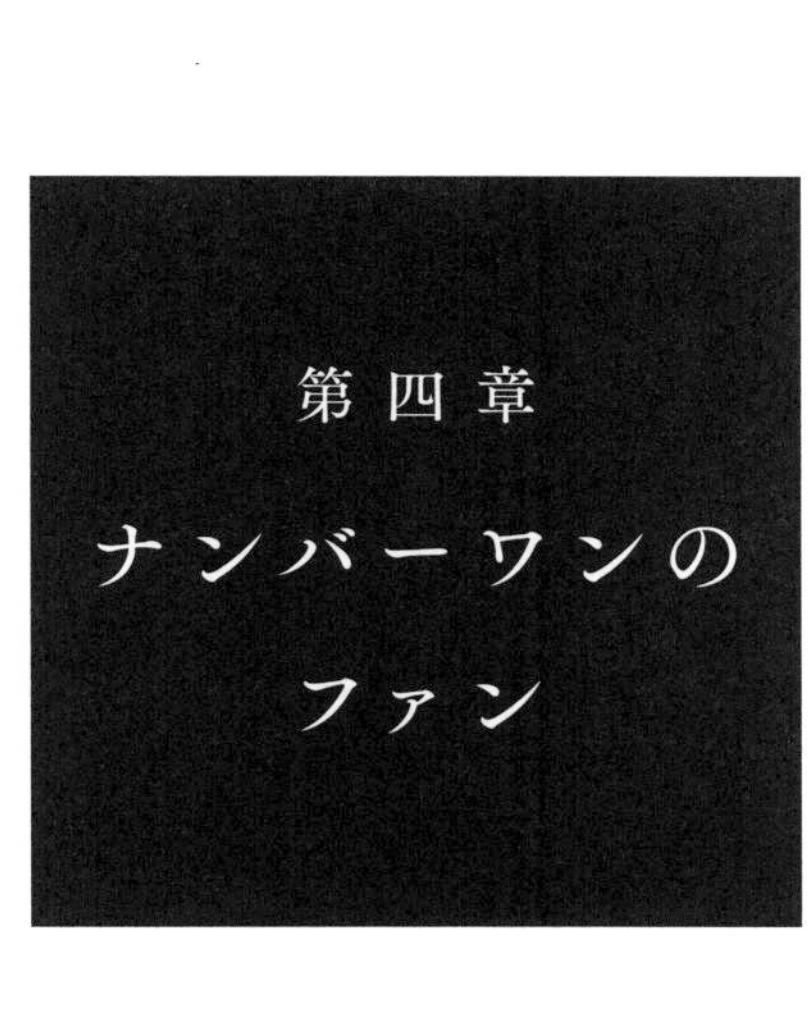

第四章

ナンバーワンのファン

1

ひづるが部屋で逆立ちを始めたのは、彼女が七四通目のファンレターに目を通していたときだった。

近くのローテーブルで課題のレポートを済ませていた波稲の手が止まる。視界に逆さまの人間が映っていては、とてもレポート作成に集中できない。

「いきなりどうしたん？　まだ何も事件起きてないよ」

ひづるは答えない。ノイズをすべて排し、壁の一点を見つめ続けている。これまで見てきた逆立ちのなかでも、群を抜いて強い集中状態に入っていることがわかった。

きっかけは波稲が留守番を頼まれたことから始まる。午前中外出をするので、その間に届く荷物を受け取ってほしいという頼みだった。波稲が配達員から受け取ったのは段ボール箱一箱。それもずっしり重く、玄関からリビングに運び込むまでに、二度ほど休憩を挟む必要があった。

送り主が出版社の名前になっていて、新刊の見本本かなと波稲は最初に思った。開けずに待っていると、ひづるが帰ってきてそのまま段ボール箱の開封に立ち会った。中身は束になってまとめられたファンレターだった。ざっと見ただけでも三〇〇通はありそうだ。

怪しいものが混入していないか出版社のもとで検閲が入ったらしく、どれもあらかじめ封が切られている。

ひづるは執筆用の椅子に腰かけながらファンレターの束をつかみ、一通ずつ丁寧に目を通していた。無表情ではあるが、彼女が喜んでいるのが波稲にはわかった。

そしてファンレターを読んでいる途中、あの逆立ちを始めた。

「波稲……」

「なに？」と答えながら、続く言葉を想像する。面白いアイデア、閃(ひらめ)いたかも。たいていはそんな返事がやってくる。だが今回のひづるは、それを口にしなかった。

「少し間、留守にするかもしれない。音信不通になるかもしれないが心配はするな。ここの部屋の鍵は郵便受けのなかの天井部分に貼り付けておく。好きに使ってくれていい」

「ちょ、ちょっと待って。音信不通って言うた？　どういうこと？　電波の届かんとこに行くつもり？」

「取材だ。今回もいつも通りな」

答えになっているような、なっていないような、あいまいな返事だった。一つ確かなのは、今回は自分を連れて行ってくれる気配はなさそうだということだ。頼んでも拒まれる、そんな雰囲気を明確に感じた。未来予知を謳(うた)う教祖や、亡霊にとり憑(つ)かれた車、呪われた絵画と、最近は行動を共にしてきたが、そんな波稲でも今回は同行を許されない。それほどまでに特別で、危険なことでもあるというのだろうか。いったいどこへ行き、何に関わるつもりなのか。

逆立ちを終え、ひづるは脱いだばかりのジャケットを着なおし、外出の準備を始める。

「心配するな波稲。何事もなければすぐに帰る」

その日以来、ひづるは波稲の前から姿を消した。


そしてすぐには帰ってこなかった。

□□□□□

起きると見知らぬ部屋にいた。開いた窓から入る風がカーテンを揺らす音で、ひづるは目を覚ました。頭がひどく痛み、石を詰め込まれたみたいに重かった。

一筋の朝日が差し込み、それが足元のほうへ伸びている。自分が寝ているのが、一人がおさまるには大きすぎるキングサイズのベッドであることに気づく。かけられたシーツも洗いたての香りがする。

「ここはどこだ。思い出せ……」

眼鏡がなくてよく見えないが、とにかくここは知らない家の知らない部屋。おそらく二階。何か外から音がする。一定のリズムで、波のくだけるような音。ような、ではなく、そのものだった。運んでくる風の重さや匂いが、近くに海があることを知らせてくる。

ベッド横のサイドテーブルに、眼鏡が置かれているのを見つける。かけると視界が明瞭になり、そばにペットボトルの水が一本置かれていたことに気づいた。知らない家の知らない部屋の、中身のわからない液体。もちろん警戒したが、喉の渇きを満たしたい欲にあらがえず、結局、一気に飲んで空にした。

それで頭痛が少しおさまった。このしつこくまとわりつく頭の重さは、二日酔いで間違いなさそうだった。

ジャケットは近くの壁にハンガーにかけられている。タンクトップのままだ。下も着替えていない。そうだ、昨日はある人物に会いに行っていた。

パンツの尻ポケットを探ると、しまっていたそれが出てくる。一枚の封筒。『南雲竜之介様』と、手書きの文字がある面をひっくりかえすと、差し出し人の住所と名前がある。『柊木凪(ひいらぎなぎ)』。昨日、自分が会いに行った相手。

封筒のなかには便せんが三枚ほど入っている。一枚を開けて目を通す。

『はじめまして、南雲竜之介先生。私はあなたのナンバーワンのファンです』

届いたファンレターには必ず目を通すようにしている。誰かが有限の時間を使い、自分一人のためだけに送ってくれたメッセージは一つも無視せず、読みきってきた。だけどこれほど派手な言葉を使うファンレターには初めて出会った。それが興味をそそられた理由の一つだった。

「そうだ。それで柊木凪に会いに行った」

彼女はファンレターのなかでひづるに会いたいと意志を伝えてきた。週末、いつも自分が飲んでいるバーがあると言って、その場所の名前と住所まで書かれていた。ファンレターに目を通した日は、ちょうど彼女がバーに通う週末だった。

そこで柊木凪に出会った。どんな容姿だった？　どんな話をした。確か最初に本の感想を聞かされた。そして他愛のない話。脳に容量を空けて保存しておくまでもない記憶。

それから酒が進み、いつもよりも酔いが早く回った。そして――

「あ。起きましたか先生」

部屋のドアが開く。あらわれたのは小麦色に日焼けした肌の、若い女性。緑のメッシュを入れた長い茶髪と、大きな瞳。背筋がぴんと立ち、凛々(りり)しい姿勢。バーで出会った柊木凪だった。

「昨日は酔ってたのでお水を置いといたんですけど、うん、ちゃんと飲んでますね」

鈴のように軽やかな声が、ちいさな口からつむがれていく。風貌(ふうぼう)に対して、口調や態度がずいぶん幼く感じた。

彼女が近づくたび、ぎし、ぎし、と木製の床が鳴る。見ると、一本の白線が引かれてい

あ
起きましたか先生
PARALLAX
PARALLAX

ることに気づいた。床のデザインだろうか。

「ここはキミの家か。酔っ払って意識を失い、世話になっていたわけか」

「世話だなんて。それに先生はちゃんとお酒の量をコントロールできてましたよ」

ジャケットを着ようとベッドから起きかけたところで、足が上手く動かないことに気づいた。誰かにつかまれ、引っ張り戻されたような感覚があり、シーツをめくると、両方の足首が縛られていた。革のベルトが巻かれ、そこから南京錠を通して伸びたチェーンがベッドの端に固定されている。

「取材で色々な経験をしてるって昨日お聞きしましたけど、睡眠薬の耐性を身につけるような経験はなかったみたいで、よかったです」

「薬を盛ったのか。それで私をここに運んできた。キミの自宅に」

いいえ、と小さく柊木が笑う。可愛らしさもあり、同時にひとを引きつける妖艶な魅力のある笑み。万人が好感を持つであろうその表情のまま、彼女が続ける。

「わたしの家じゃありません。今日からここは、わたしたちの家です」

手元のファンレターを握る手に力がこもる。会う前から、トラブルに巻き込まれる予感があった。嫌な予感ほどよく当たる。

「足の拘束を解きたまえ」

「それはできません。まだ先生はわたしのことを信頼してないみたいなので。トイレに行きたくなったときだけ解いてあげます。もちろん同行しますよ」

柊木がまた笑う。それから徐々に、笑い声が大きくなっていく。

「う、ふふ！　先生だ！　先生がいるわたしの部屋にいる！　ああ、夢が叶った。努力すれば夢って叶うんだ。スポーツ選手の言っていた通りだなぁ」

どたどた、とその場ではしゃぐように足を鳴らす。体のなかに小学生でも入っているようだった。

手元の便せんに視線を落とす。手紙の一文が飛び込んでくる。

『先生はわたしのことがきっと気になるはずです。それをお知らせすることが、今回手紙を書かせていただいた目的です』

予言めいた内容のこの手紙の通り、事実、ひづるは彼女に興味を抱くことになった。そして監禁された。見事に釣られた。彼女が垂らした餌(えさ)はひづるにとってあまりにも魅力的で好奇心のそそられるものだったから。

どうする。ここからどうする。冷静になれ。なぜかふいに、そのとき網代慎平の言葉を思い出す。彼が送ってくるメールのなかで、自分が冷静さをかいたとき、物事を俯瞰(ふかん)する癖があると話していた。俯瞰。悪くない作戦だ。

自分自身を俯瞰する。体から自分自身が抜け出し、天井から眺める姿を想像する。キングサイズのベッドに縛られた自分を見下ろす。家の主は彼女一人。トイレに立ちたいと言って拘束を解いてもらえば、制圧できないことはない。いまの自分に必要なものは何だろう。サイドテーブルに置かれたペットボトルの水が空になっている。そうだ。水だ。もう少し水分が欲しい。頭痛を和らげたい。

「水が足りない。もう一本ないか」

「いま持ってきます。空のペットボトルをこちらへ」柊木は言って、なぜかそこから動かず、ひづるに投げてよこすよう指示してくる。

ひづるがペットボトルを投げると、柊木が受けそこない、手元から落とした。空のペットボトルはむなしく音を鳴らして床を転がり、端のほうで止まる。

「…………」

柊木は転がったペットボトルを取りに行こうとせず、なぜか躊躇(ちゅうちょ)している様子だった。やがて彼女のなかで数秒の葛藤(かっとう)があり、最後には舌打ちをして回収に歩き始めた。

柊木の態度が豹変(ひょうへん)したのは、ペットボトルまであと数歩の距離になったときだった。

「あ、あ、あああああああああああああ！」

ひづるのほうを向いて突然取り乱し、膝から崩れ落ちる。

「やってしまった。なんてことを……よりにもよって南雲先生を……」

「おい、キミ――」

「申し訳ございませんでした先生！　あ、あ、あ、いますぐ解放しますっ」

柊木は自分の服のポケットを探り始める。何かを探しているようだった。ポケットの探索が二往復目に突入したところで、ようやく鍵を取り出した。南京錠を開錠するための鍵だとわかった。

震え続ける手で、右足首のベルトをつないでいた南京錠が外される。解放された右足首を、ひづるがほぐすようにぐるりと回す。

いきなり豹変した態度。急に我に返り、自己嫌悪に陥り、罪の意識にさいなまれたのか。いや、そうじゃない。この急変した態度の答えをひづるは握っていた。

「い、いま左足首のほうも」

ベッドを回り込もうと移動したその瞬間。

またしても豹変する。落ち着きのなかった態度や、怯えていた表情が、ぴたりとやむ。

「あーあ、やっぱり余計なことしたよ。まあ左足はまだ拘束されてるからいいか」

話し方も、姿勢も、まるで変わっていた。怯えた態度は消え、いまは子供っぽく露骨にイラついている。

持っていた鍵をポケットにしまいながら、柊木は忌々しそうに床を睨みつけていた。

白線だ、とひづるは気づく。

彼女の態度が豹変したのは、床に塗られた白線を越えた瞬間からだった。ペットボトルを取りに行こうとしたときと、そしてベッドを回り込もうと戻ったとき、彼女は白線を越えた。白線。つまり、これは境界線。

「見苦しいところを見せてすみません。でもコレがあるから、先生はわたしに興味を持ってくれたんですよね。ファンレターに書いてよかった。勇気を出してよかった。いままで良いことなんて一つもなかったけど、いま初めて報われそう。先生はわたしの救世主です。『サマータイムレンダ』を読んで本当にそう思った。これは間違いなく自分のことが書かれている！　読んだ瞬間に確信しました。だからいつか一緒に住むのが夢でした」

　手元の便せんに目をやる。ひづるの過去の作品に関する感想が記述されている文章。その最後に書かれた一文。ひづるが柊木凪に興味を抱いたもっとも大きな理由が、その一文にあった。

『私はいま、二重人格に悩まされています』

2

　東京大学の図書館の二階には、学生一五〇人ほどが利用できる、大型の自習スペースがある。一人でやってきて昼寝をするものや、友達同士でやってきて昼寝を始めるもの、そしてカップルで椅子をくっつけて昼寝をするものがほとんどだ。一部の学生は熱心に資料を読み込んでいて、今日の波稲はそちらの絶滅寸前のグループの一員だった。

「はい、稲ちゃん。資料三冊。これでぜんぶでいいかな」

「ありがとう、あゆみちゃん。ほんま助かるわ」

ノートパソコンのキーボードを叩きながら、資料を運んできてくれたあゆみにお礼を言う。持ってきた資料の一冊を手に取り、さっそく目的のページを読み込む。

「めずらしいね、稲ちゃんがレポート作成に追い込まれてるの、初めて見たかも」

「最近、気ぃとられることばっかりでさぁ……サボってたらヤバなってしもた」

気をとられる出来事というのは、言うまでもなくひづるの取材への同行だ。この前も、本来は学業に向けるはずの好奇心を、呪われた絵画にねこそぎ奪われ、結局は徹夜気味になり、講義をサボってしまった。さすがに反省していたところへ、レポート提出の山という罰がやってきた。

「とりあえずこのレポートはなんとかなりそう。でも、もしかしたらまたあゆみちゃんに頼ることになるかも……」

「任せて。普段は優秀な稲ちゃんに頼られるの、気持ちいいし。ちなみにレポートに追い込まれる学生の図としていまの稲ちゃんを撮ったら共感値高くてバズると思う」

あゆみちゃん、とあきれるが、抵抗する間もなく波稲を撮影してくる。写真がすぐに波稲のスマートフォンに送られてくる。資料の山と、中心に陣取るノートパソコン。そこに座る自分。なるほど、まさに追い込まれている学生の図だった。

そのとき、スマートフォンが振動し電話がかかってくる。着信画面には、電話をかけてきた相手が表示されていた。『南方ひづる』。噂をすればさっそくだ。

図書館のなかで電話は出られないし、何よりいまはレポートの追い込みの最中である。

「えい」と、着信拒否を設定し波稲がスマートフォンをしまう。

「いいの？　電話」

「うん。いまはレポートを終わらせるのが先！」

電話に出れば、またレポートの作成が遅れるような予感がした。こちらの好奇心をでたらめに、そして強烈にくすぐってくるような何かを聞かされるような、怪しい予感。

だが時間が経つごとに、やはり出るべきだったのでは、という思いが膨らんでくる。面白い話が聞けたかも。また何か奇怪な出来事に巻き込まれているかも。大学の講義では聞くことが一生ないような、そんな話を聞くチャンスだったかも。波稲はなんとか振り払い、パソコンの画面に向きなおる。

二度目の誘惑がかかってきたのは、わずか数分後のことだった。二回連続でひづるが波稲に連絡を取ろうとしてきたことは、いままでになかった。着信拒否のボタンをタップする数ミリ手前で、とうとう抗えず、波稲は席を立った。

「……ちょっとお手洗い」

「はいはーい。三階のトイレなら比較的人もこないよ」

あゆみにしっかり見抜かれながら、アドバイス通り三階のトイレに移動する。洗面台の鏡に映るそわそわした自分と向かい合いながら、電話に出る。

「もしもし、ひづるちゃん？　悪いけど私いま、レポートの作成してて――」

「波稲。単刀直入に用件だけ告げる」

間髪入れず、ひづるが続ける。

「いま私は監禁されている。だが心配は無用だ。通報もいらない。興味がわいたのでもう少しここに残ることにする。タイミングを見て脱出するので、そのときにまた連絡する」

では、と最後に言い残し、そうして電話が切れる。トイレのなかで一人、波稲は途切れた通話音とともに取り残される。鏡のなかの自分はぽかんと口を開けて固まっていた。

予感は当たった。やはり出るべきではなかった。

「…………監禁⁉」

□■■□□

両足首をぐるりと回してほぐし、ひづるはベッドから降りる。柊木凪にかけたこんな言葉で、拘束はあっさりと解かれることになった。

「キミという人間に興味がある。二つの人格がどのように共同生活を送っているのか観察したい。脱出する気はないので拘束を解いてほしい」

一〇〇人が聞けば一〇〇人が怪しむような回答だった。もう少し捻ったほうがよかったかな、と思っていたのに、柊木は「わかりました」と、残った左足の拘束ベルトとチェーンをつないでいた南京錠を外した。淡々と無感情な口調が逆に説得力を生んだのか、もしくは単純に彼女が馬鹿なのか。なんとなく後者である気がした。

壁のハンガーにかかっていたジャケットを取って羽織る。ポケットのなかに重みがあり、外側から形をなぞると、スマートフォンが入っていることに気づいた。外部との連絡が取り放題だった。やはり後者だ。監禁するなら徹底したまえ、と思わず怒りを吐き出しかけた。

稚拙（ちせつ）な監禁者が口を開く。

「ファンレターに書いた通り、わたしたちの体には二つの人格があります。わたしは『なぎさ』で、もう一人は『凪』。便宜上はそう分けています」

ひづるのバーから連れ出し、ここまで運んで監禁したのは、いま目の前で話しているなぎさのほうだろう。さきほどあらわれたもう一人の彼女は、ひどく動揺し怯えていた。あちらが凪。

「主人格はどっちだ？　つまり、先に生まれていたほうの人格は」

「本名を使っているあの子のほうです。わたしじゃありません」

主人格が別人格を制御できていない、という状況らしい。そういえば、手紙にも悩んでいると書かれていた。つまりファンレターを書いたのは、凪のほうか。それとも二人で共同で書いたのか。文体や筆跡がいくらか変わっていた箇所もあったような気がする。知りたい。聞いてみたい。拘束を解いてもらうためにとっさに用意した言葉だったが、あながちすべてが嘘でもなかった。この人間に興味がある。

「白線で生活圏を分けているのか」床を指しながらひづるが訊いた。

「家のなかを案内します。白線が引いてあるのはここだけじゃないので」

なぎさがドアを開ける。ひづるが先に出られるよう、ドアの前で待機してくれていた。歩き出し、なぎさの顔面に肘鉄を食らわせてひるませるには十分な距離まで近づく。近くに放った革のベルトをつかんで襲撃したり、先に廊下に出てドアを閉めたり、この数秒で一〇通り以上は脱出や撃退の方法が浮かんだ。すべて頭から追い出すのに苦労した。一周回って、これはミステリ作家への侮辱ではないかとすら思えてくる。

廊下に出ると、吹き抜けになっており、一階の様子をまるごと見下ろすことができた。部屋のなかにあった白線は、一階のリビング内にもしっかりと引かれているのが確認できる。この家のなかをきれいに横一直線で分断しているらしい。

二階の廊下は壁に沿ってコの字型に設置されており、体育館のキャットウォークを思わせるつくりになっている。リビングの空間を挟んだ向かいに、もう一つ部屋があるのがわかった。

「ここは一軒家というよりコテージか」

「はい。海沿いで眺めもいいですよ。泳ぎたくなったら徒歩三〇秒です。いまはもう一二月なので寒いですけどね。オンシーズンになったら、水着を用意しましょう。任せてください。今度可愛いのを選んできます」

その水着すら自分で買ってこられそうだがな、と、ひづるは思わず口がすべりそうになる。ポケットのなかのスマートフォンも、いつでも電話をかけられる状態だった。

「キミ一人で住んでいるのか?」

「正確には『二人』ですね。母と住んでいましたが、一〇年前に他界しました。さあ、まずは一階から案内しましょう」

下りていくその階段の床にも白線が引かれていて、なぎさは自分の人格が交代しないよう、常に片方の左側を使っていた。白線はテープかと思っていたが、よく観察するとペンキで塗られていた。

「白線を越えると、自動的に人格が交代するのか」

「そうです。凪と話してそのように取り決めたので。二人で決めたルールは深層心理下に根付くので、逆らうのは不可能です」

「白線をまたがっている間はどうなる? つまり、白線に半分ずつ体がある場合だ」

「さすが先生、面白い質問。その場合は人格の主導権が不安定になるので、意志の強いほうが支配します。そしてわたしはあの子より強いです。体の一部だけではなく、完全に越えることで人格が交代します」

下りた先、一階に広がるリビングの光景は、ひづるの好奇心をさらに刺激してきた。リビングの中央に配置された食卓テーブルにも白線が引かれる徹底ぶりが、まず目を引く。

食器棚と冷蔵庫が二つあり、それぞれ向かい合うようにして壁沿いに設置されている。凪となぎさ、それぞれの私物だろう。なぎさ側の食器棚のなかはプラスチック製やシンプルなデザインの皿が多い反面、線を越えた向こう側にある食器棚のなかは、ガラス製や焼き物、装飾の凝った皿が彩り豊かに並んでいる。

「冷蔵庫とかも気になりますか？　開けてもいいですよ」

ひづるは遠慮なく、まずなぎさ側の冷蔵庫を開けた。中身はほとんどなく、質素な状態だった。下の段の冷凍庫を開けると打って変わり、今度は冷凍食品が所せましと押し込まれている。

白線を越えて、次に凪側の冷蔵庫をのぞく。開ける前に予感していた通り、なぎさの冷蔵庫とは真逆の光景が広がっていた。食材が丁寧に配置され、スペースが有効に使われている。一方、冷凍庫にはあまった食材を冷凍したものと、数種のアイスクリームがあるのみだった。

「キッチンはあの子のほうにありますが、わたしは冷凍食品しか食べないので、特に不便はないです。皿も料理もあまり興味ありません」

「電子レンジもこちら側とあちら側に一つずつか」

「トイレと風呂場も一つずつありますよ。どうですか？　面白いですか？」

「……ああ、そうだな」

柊木凪。彼女が一人きりで住んでいるコテージには、まるで二人の姉妹が一緒に暮らしているような印象を受ける。というより、一つの家のなかに、二つの家が存在しているような心地だった。明確な境界線と、徹底された分断。

「わたしたちの部屋も案内しますね」

玄関ドアを横目に素通りしながら、リビングを横断していく。なぎさは振り返ってくる素振りすら見せない。ドアに鍵がかかっていたとしても、開錠して逃げ出すには十分すぎるほどの隙だった。そもそも白線のこちら側にいれば、襲われることもない。

しかしひづるはなぎさの後に続いた。彼女たちの部屋がどうなっているのか、好奇心を抑えることができなかった。

階段を上りきった先、ドアが出迎える。ひづるが監禁されていた部屋から、ちょうどリビングを挟んで真向かいに位置する場所だ。階段の床を這(は)うように上ってきた白線は、ドアの下の隙間から入り込み、部屋のなかにまで忍び込んでいる。

なぎさがひづるに目くばせをしてくる。宝ものを見せる直前の、はしゃぐ子供のような笑顔を浮かべて、部屋のドアを開く。

入ってまず、心地よい海風が頰をくすぐってきた。左側の開けられた窓から入ってきた風だった。揺れて踊るカーテンがやがておさまり、部屋のなかにある二つのシングルベッドが視界にあらわれる。

「寝るベッドも分けているのか」

「もちろんです。シーツの堅さの好みも、枕の高さの好みも、ぜんぶ違いますから」

ぼすん、と、なぎさが自分の寝るベッドに身を投げる。誰かに仕草が似ている気がして、ひづるは波稲のことを思い出した。そうだ。彼女に一つ連絡を入れておいたほうがいいかもしれない。心配している可能性もある。

なぎさ側がインテリアの少ないシンプルな部屋であるのに対して、白線をまたいだ凪側は、床に刺繡の入った絨毯がしかれていたり、読書用のミニテーブルと椅子が用意されていたりと、気合いが入っている。部屋のなかで快適に過ごすために、全力をそそいでいるのがわかる。

「わたしと凪は一日ごとに人格を交代します。昼の0時になるとボーダーラインを越えて意識を譲る決まりです。たいていはこの寝室で交代します」

なぎさの説明を聞きながら、ひづるは二人のベッドの間に置かれた本棚を見つめる。びっしりと本がおさめられており、図書館や書店の棚の一部を、空間ごと盗みとってきたかのような充実ぶりだった。例外なく、棚の中心にも白線が敷かれている。置かれた本の種類も、好みが明確に分かれていた。二人とも半分ほどが小説だった。

「小説の好みも分かれているでしょう。わたしはミステリーとSFが多くて、あの子は恋愛小説と伝記もの、それからサスペンスが好き。服の趣味も食事もテレビも理想の異性も、何もかも好みがあの子とは真逆だけど、唯一同じところがある」

なぎさは言う。

「あなたのファンであるということです」

それぞれの本棚のなかに、同じ本がおさめられているものが何冊かあった。作者はすべて、『南雲竜之介』だった。

「先生の作品はどれも素晴らしいですけど、わたしと凪の一番のお気に入りは『サマータイムレンダ』です。もう一人の自分、影の話。心をわしづかみにされました。あの子が先生にファンレターを書こうとしているのに気づいたのがきっかけでした。そこにわたしが書き足して、先生に送ったんです」

サマータイムレンダ。少年少女がタイムリープ、タイムトラベルを駆使し事件の謎に迫っていく物語。作中には対象の人物と瓜二つになれる「影」という存在を登場させた。青春SF物としてのケレン味を意識して描いた作品だったが、気づかぬところで、二重人格を持つ人間の心をも打っていたらしい。

　創作の面白さの一つは、完成した瞬間から作品は作者の手を離れ、客のものになることだと、ひづるは常々思ってきた。誰の心に響くかを作者は選べない。その先の未来で、誰かが自分自身を脅かす存在になろうとも。

「どうですか？　わたしたちの生活は？　これから住む家は？」なぎさが訊いてくる。

「一つ質問がある」

　ひづるは一番気にかかっていた疑問の答え合わせをすることにした。

「白線を越えればキミたちの人格は入れ替わり、お互いの領地に侵入することはできない。そうだな？」

「はい。その通りです」

「この家に勝手口は？」

「ありません。玄関ドアが一つだけです。……もしかして逃げ道でも探しているんですか？　だとしたら忠告しておくと、窓も完全には開きませんよ。ひとは通れません」

　脱出のルートを確認する意味合いもあったが、それよりも確かめるべきことがあった。そしていまの回答を聞きながら、ひづるのなかで疑惑が確信に変わっていった。

「この家の玄関ドアは一つで、そこからしか外に出られない」

「そうですよ」

「……なら、凪はどうやって外に出るんだ？」

ベッドで遊ばせていた足を、なぎさがぴたりと止める。無言のまま彼女は答えない。

玄関のドアがあったのはボーダーラインの片方側だけ。つまりなぎさのほうにしか存在しない。それが意味することは──

「このボーダーラインの取り決めはどれくらい前から？」

「一〇年です」

なぎさは淡々と告げた。彼女の裏の奥深くに潜(ひそ)んでいた異常性が、露出していく。

ひづるだけではなかった。この家に、監禁されていたのは。

「もう一〇年、凪はこの家を出ていません」


トイレの場所を尋ね、なかに入りひづるは電話をかける。最初の一回で波稲は出ず、もう一度かけると今度は出てくれた。レポートの作成中で忙しいと告げてくる波稲の言葉を遮(さえぎ)り、ひづるは告げた。

「いま私は監禁されている。だが心配は無用だ。通報もいらない。興味がわいたのでもう少しここに残ることにする。タイミングを見て脱出するので、そのときにまた連絡する」

では、と言い残して電話を切り、ひづるは二人の女性のもとへと戻っていった。

3

監禁されている、という言葉を最後に、ひづるが音信不通になってから二日が経とうとしていた。波稲はあれから何度か電話をかけたが、ひづるが電話に出ることはなかった。

「なんなんほんまに。ああもう全然レポート集中できやん！」

レポート執筆用に開いたワードのページも、一向に文字で埋まっていかず、波稲のまわりに空のスナック菓子の袋だけが増えていく。すでに深夜の二時を回っていた。

「監禁されている人間が自分から報告してくるなんて、いったいどういうシチュエーションン？　本当に心配はいらないってこと？　それとも脅（おど）されて電話をかけてきた？」

奇妙な出来事に遭遇するひづるの取材から離れようとしているというのに、離れれば離れるほど、考えずにはいられなくなる。

週に一度の電話で、学業に身が入りにくくなっていることを、波稲は父の竜之介にも相談していた。ここ最近起こった出来事を詳細に語れば、父が取り乱すことは目に見えていたので、ひづるについていく取材が面白い、とだけ報告していた。

「お姉ちゃんについていって、世の中を見通すための視野が広がるのはいいことやと思うけど、いましかできやん勉強も大学にはあるはずやろ」

「うん。わかってはいるんやけど……」

「波稲とお姉ちゃんは、同じ時間に生きてはいるけど、生きる速度はきっと違う。何を優先すべきかとか何を目標に生活してるかとか、それぞれ別に抱えてるはずや。あれはアイデアを求めて常に生きてる人間やから。もし波稲が、そのペースに巻き込まれて、自分の歩幅で歩けてないって感じてるんやったら、もう一度見なおしてみたらええ」

「それって、自分が何をしたいか、とか?」

「その通り。自分が何をしたいか。どうするべきか。何を優先するべきか」

難しい問題だった。残念ながら公式や定理のように、学術書には答えが載っていない。学業の優先を取るか、ひづるとの好奇心を刺激される取材に関わるか。

父との会話の反復を終えると同時に、波稲はノートパソコンを閉じた。それから、このくだらない停滞に区切りをつけるために、大きく一度、深呼吸をした。

「よしっ」と、切り替える。

悩むのはやめた。迷うのも終わりだ。目の前にある葛藤も、問題も、すべて自分の糧(かて)にしよう。

スナック菓子の袋を片づけ、外出の準備を始める。

「ひづるちゃんの居場所をつきとめる。それが終わったらレポートを完成させる!」

どちらも捨てない。すべて吸収して、将来の知恵にする。

答えを出した波稲は、勢いよく家を飛び出した。

□　□　□　□　□

食卓のテーブルにつき、冷蔵庫をあさって見つけた食パンと卵とベーコンで簡単に昼食をとりながら、ひづるは柊木凪が書いたファンレターを読みなおしていた。

ナンバーワンのファンです、という目を引くような自己紹介があり、そこからは延々と、『サマータイムレンダ』がいかに素晴らしく自分の心を惹きつけるものであったかが書かれている。

柊木凪が心酔したという『サマータイムレンダ』は、ひづるが一四作目に書きあげた長編小説だ。ストーリーのアイデアが浮かぶのはたいてい街中を移動しているときや、入浴しているとき、読書や映画鑑賞をしているときが多い。だが『サマータイムレンダ』は少し例外だった。この話だけは、網代慎平が見たという夢の話から想起し、書いたものだ。誰かの夢の内容をアイデアとして取り入れたのは、あとにも先にもこれだけだった。

執筆時の記憶を思い起こしながら、柊木凪の本棚から拝借した『サマータイムレンダ』のページを開き、めくっていると、寝室から彼女が出てきた。

薄手のパーカーとジーンズから、花柄のワンピースに服装が変わっていた。階段を降りるときも、ほとんど足音を鳴らさない、丁寧な歩き方。スリッパまで履いている。

食卓のテーブルについているひづるに気づくと、彼女が食器棚の陰に一度隠れる。ごそごそと何か動くような気配がしたあと、再び姿を現わし、素早く距離をつめてきた。しゅ、しゅ、しゅ、と床をスリッパがこすれる音が響く。

「このたびは申し訳ございませんでした。先生にこんな不快な思いを……」

口調もはっきり変わっている。壁にかかった時計に目をやると、昼の一二時を過ぎていた。なぎさから伝えられていた情報通り、昼を過ぎると人格を交代するらしい。いま目の前にいるのは、ひづるの足首の拘束具を外そうとしてくれていたほうの、凪だろう。

「別に不快ではない。興味深い体験をさせてもらっている。それと、冷蔵庫の中身を勝手に使わせてもらった」

「あ、はい、かまいません。お好きに使ってください。というか先生、加害者であるわたしが指摘するのも変な話ですが、順応が早いような……」

「せっかくの監禁体験だ。ミステリ作家たるもの、一度はファンに監禁されておかないとな。監禁されて初めて箔(はく)がつくというものだ」

「そういうものですか」

ひづるを怒らせているのか、そうでないのか、常に顔色をうかがい、気にかけている様子だった。なぎさから聞いていた通り、向こうの彼女とは真逆の性格らしい。ひかえめで、自己肯定感は高くなく、間違っても誰かを誘拐するような度胸はない性格。

「バーで私に睡眠薬を盛り、そのまま眠った私をここに連れてきたのはなぎさのほうだな。キミは外に出られない」

「……はい。ですがわたしは手紙を書きました。あれがなければ先生がわたしに会いに来ようとなさることもなかった。だからわたしも同罪です」

ひづるはテーブルに置いていた手紙を眺める。

「この手紙は共作だと聞いたが」

「本の感想の部分はわたしです。それ以外は、あの子のほうが」

なるほど、だんだんシーンが想像できてきた。初めは純粋に感想を伝えようと思っていた凪のファンレターに、もう一人のなぎさが気づき、手を出してきた。凪とは違い、我の強い人格。願うものはすべて手に入れてきた。叶えたい欲はすべて満たしてきた。そんななぎさは考える。どうせならこの家に先生を呼ぼう。大好きな先生を招き入れて、一緒に暮らしてもらおう。ずっと一緒にいてもらおう。これほど幸せなことはない。

「この家の白線が引かれたのは一〇年ほど前と聞いたが」

「そうです。一緒に暮らしていた母の死がきっかけです。夏の日でした。わたしはなぎさと二人で暮らさなくてはいけなくなった。そこで二人でルールをつくりました」

「何か職には?」

凪は首を横に振る。かつてはそれを望んでいたが、とっくにあきらめたかのような態度だった。

「母の遺産で食いつないでいます。なぎさのほうも職にはついていません。きっといつかは破綻(はたん)する生活です」

家のなかの白線だけではない。彼女は外にある社会とも境界線が引かれている状態だ。

「日焼けした肌はなぎさによるものか？」

「ええ、あの子は毎日のように外出するので」

「キミは一〇年ここに幽閉されている。その間、一度も外に出たことはないのか」

「コテージを出た先の海までなら、何度かあります」

「……それはどういう方法で？」

凪が玄関ドアのほうを眺める。近くの窓から日光が差し込み、床を淡く照らしている。

「ささいなきっかけでした。わたしがうっかり階段で足を踏み外して、気絶したまま白線をまたいだんです。白線を越えた自覚がなく、目を覚ましたとき、わたしはまだわたしのままでした」

「ふむ、つまり白線を越えたという認識がなければ、人格は交代しないのか。それでキミはどうした。そのまま逃げ出さなかったのか？」

「なぎさが異変に気づいて、激しい抵抗に遭いました。頭のなかで叫ぶんです、ずっと。

ルール違反だ、ルール違反だ、ルール違反だ、って」

　頭のなかで叫ばれるとひどい頭痛が起きるんです、と、凪は最後に言いわけのように語った。そこからの顚末は聞かずとも理解した。凪は抗うことをあきらめ、人格の主導権を明け渡した。

「先生、あの子はやることは乱暴で非常識ですが、抜けているところが多々あります。いまだってそう。あのドアを開ければ先生は簡単に脱出できるんです。細工はありません。だから先生、どうかいまのうちに……」

「彼女のつめの甘さは朝方から理解している。だが逃げるタイミングはわたしが決める。いまのところは明日か明後日の予定だ」

　凪が前に出ている間、なぎさの人格は眠っており、ここでの会話の記憶もない。何を喋っても刺激することはないだろう。

「普段は他人を気にかけるような趣味はないが、ファンであると言ってくれたよしみで一応聞いてやろう。キミもここから出る気はあるか？」

「わ、わたしが……？」

「もしその気があるなら、何か策を考えてやってもいい。冷蔵庫のパンと卵とベーコンを使わせてもらったお詫びくらいにはなるだろう」

　凪は口を開いて何か言いかけたが、そのままうつむいて、黙ってしまった。彼女のなかを支配する恐怖や不安に、圧されている。ひざまずいている人間を無理やり引っ張り起こし、その腕をつかむ甲斐性はひづるにはない。

「差し出した手を握らないならそれでもいい。だがいつまでも差し出していられるほど私の手も自由じゃない。なにせ監禁されている身だからな」

凪は近くの床に視線を落とす。そこには自分たちが引いた白線がある。

柊木家のコテージに住み始めてから早くも二日が経とうとしていた。ひづるは何年かぶりに一〇時間以上の睡眠を取った。強制的に執筆から離れるこの環境はストレスがかかるかと思っていたが、意外に頭が整理されて、良い気持ちだった。完成した原稿のあのシークエンスをこう改稿しよう、と思わぬアイデアが浮かぶこともあった。

昼頃リビングに下りると、彼女はすでになぎさに変わっていた。ぼさぼさの頭で、寝ぐせがあちこちで跳ねている。なぎさはひづるの分の昼食も用意していた。電子レンジで温めた冷凍パスタをそのまま皿に載せたシンプルなものだった。

「凪のようにわたしも料理ができたらいいんですけどね。すみません」

ちなみに昨日の夜は、その凪が手料理をふるまってくれた。これが驚くほど美味しかった。料理を出すところから片づけまで、とても洗練された動きを見せていた。食事中に会話はなかったが、つけていたテレビが沈黙を埋めてくれた。

「何か不自由はありませんか？　足りないものがあれば用意しますよ」

「パジャマがきつい」

「ありゃ、本当ですね。胸のところのボタンがはじけ飛びそう。新しいのを買ってきます。あと先生の歯ブラシにバスタオル、食器類、執筆用のパソコンも必要ですよね」

食卓の椅子に腰かけたところで、胸の窮屈さに耐えきれず、パジャマのボタンが飛んだ。ボタンがテーブルを転がり、凪のエリアのほうの床に落ちていく。なぎさはそれを見たが、拾いに行こうとはしなかった。ひづるもあえて席を立たなかった。ボタンの転がる音が完全にやんだところで、ひづるは口を開いた。

「いいかげん聞かせてもらおうか」

「何をです？」

「とぼけるな。このゆるすぎる監禁の思惑だ。一昨日やったように私の足首に拘束ベルトを巻くこともしなければ、玄関ドアを厳重にロックすることもしない。逃げられればいつでも逃げられるこの状況の説明だよ」

なぎさは話を聞きながら、パスタをフォークで巻いていく。途中で形が崩れ、あきらめたのか、雑にすくって食べ始める。

「先生は、監禁の定義ってなんだと思います？　相手の自由を奪うこと？　相手の選択権を奪い、行動を制限させること？　でもそれってね、案外、物理的な方法をとらなくてもできるんですよ」

「何が言いたい」

「たとえばこう脅してみるのはどうでしょう？　先生が逃げたらわたしは死にます」

なぎさの答えに、ひづるは鼻で笑う。

「赤の他人が死んだところで私が罪悪感を抱くとでも？　一週間後にはキミのことなど忘れる」

「いいえ、そうとも限りませんよ」

二口目を運びながら、なぎさが淡々と告げる。

「他人に興味のない人間が、たくさんの人を惹きつけるベストセラー小説なんて書けません。違いますか？　先生は自分が思うより、きっと人間が好きなんです。だからわたしを忘れることはない。罪悪感を抱くことはなくても、記憶には残り続ける」

その言葉で、なぎさの目的がようやくわかった。自分を永遠にここに置いておきたくて、監禁しているのではない。むしろ彼女自身が、ひづるの頭のなかに住み続けたいと願うための策略だった。

「これから先、何かサスペンスやミステリーを書くたびに、先生はきっと今日のことを思い出すはずです。それでいい。それがいい。とても光栄です。わたしが死ねばさらに強い記憶になる。だからどうぞ脱出してください。ドアは開いています。さあすぐそこに」

ひづるは席を立つ。彼女の目的はわかり、もはやここにいる意味はなかった。

そうしてまっすぐ玄関を目指し、向かおうとしていた。そのはずだったのに、気づけば階段の手すりに手をかけていたことに、ひづるは驚いた。彼女の思惑通りに自分が動くのが屈辱で本能的に玄関を避けたのか、それとも本当に、罪悪感を抱くのが嫌で——

「さあ先生、早く外へ。それから通報するんです。持ってるスマートフォンでいつでもかけられるでしょう？　そのあとわたしはここで首を吊ります。先生が通報しないのなら自分でします。そしてわたしは、あなたのなかで生き続ける！　記憶に残り続けるんです！　そう、ナンバーワンのファンとして！」

なぎさの笑い声が、リビングに響き渡っていく。

4

波稲がひづるのマンションに到着する頃には、夜の三時を過ぎようとしていた。失踪する前日にひづるが残していた言葉通り、郵便受けのなかを探ると、天井部分に鍵付きのキーチェーンが貼り付けられていた。キーチェーンには鍵が二つついていて、片方がマンションの鍵で、もう片方は車の鍵だった。

部屋番号を押して鍵を回すと、エントランスドアが開く。そのままひづるの住んでいる階までエレベーターで上がる。玄関の鍵を開けてなかに入る。一瞬だけ期待したが、ひづるは帰ってきていなかった。いつも使っている革靴が消えたままだった。

目的地を告げずひづるはいなくなってしまった。その手がかりがあるとすれば、やはり彼女の部屋だろう。だが、どこから探せばいいのか。波稲にはまだ一つも見当がついていなかった。

ひづるに再度、電話をかけてみるが、応答はなかった。監禁のせいというより、この時間なら眠っていてもおかしくない。

「いまからひづるちゃんの部屋を荒すよ。ひづるちゃんを探すためだから」

録音メッセージを残し、電話を切る。あとで何か責められてもこれで言い訳ができる。

まず探したのはひづるが一番利用しているであろう執筆スペースだった。デスクの端やデスクトップパソコンのモニター脇にメモが貼り付けられている。『集団失踪　神隠し』、『電子の幽霊』、『脱出できない山』などとあるが、どれもアイデアのメモらしく、失踪の手がかりに結び付きそうになかった。

失踪する前とあと、この部屋にある差異を、記憶を頼りに探してみることにした。いつも使っているジャケットとカバンが消えている。キャリーケースは消えていない。宿泊等は想定しておらず、普段の格好で行ける場所であったということか。

「どこや。どっかにあるはず……絶対なんか残してるはず」

考えが上手くまとまらない。どこから調べて、何を見つければいいのかもわからない。手がかりが本当にあるのかも、自信がなくなってきた。

脳が糖分を要求している気がして、何かないかと冷蔵庫をあさった。缶コーヒーとビールだけだった。確か銘菓『鈴竹』の箱の山があったはずだ、と探してみるが、すでに片づけたと言っていたのを途中で思い出し、波稲は肩を落としわかりやすく落ち込んだ。

「ひづるちゃんやったらこんなとき、どうするやろ」

もしも失踪したのが自分のほうで、ひづるが部屋を探し、手がかりが見つからず行き詰まったとき。そんなときの彼女はどんなことをするだろう。

浮かんだのは、散々見てきた一つの光景だった。

こうなったら藁にもすがる思いだった。

近くの壁を見つけて近づく。よっと一息気合いを入れて、逆立ちをした。ひづるのように器用にその場で姿勢を保てないから、足は壁につける。

こんなことで本当に閃くだろうか。思考が整理されるのだろうか。

半信半疑で続けて、一〇秒も経たないうちだった。

「あれって――」

逆さまになった部屋のなかで、波稲はあるものを見つけた。

□□□□□

夜、ひづるが寝室で読書をしていると、扉をノックする音がした。よほどのことがない限り読書を続けていようと思ったが、あらわれたなぎさが下着姿だったのを見て、すかさず本を閉じて身構えた。よほどのことだった。

「悪いが女と寝る趣味はない」

「ああ、これ？　違いますよ。脱がないとわたし寝られないんです。それはどうでもよくて、ちょっといま、凪と話せます？」

「もう一人のキミと？」

なぎさが片手に持っていたスマートフォンを見せてくる。それから音声メッセージを再生してきた。

『今日のどこかで先生と話をさせて。五分でいい』

メッセージはそれで終わった。凪がなぎさに残した自分宛てのシンプルな伝言だった。

「なるほどな。人格交代中、相手に伝える手段としてボイスメッセージを利用しているのか。私が二重人格でもおそらくそうする」

「わたしは煩（わずら）わしいんでメモ用紙使ってますけどね。例外的に交代してほしいときは、こうやってお互いにメッセージを残すんです。観たいドラマがあるときに一時間だけ譲ってほしい、とか。あの子にはトータルで数時間くらい借りがあるので、返さないと」

持っていた本を脇に置き、時間を取ってやると合図を送る。なぎさがうなずいて、ゆっくりと進み、白線を踏み越える。

一瞬ほどの間が空いて、彼女の立ち姿勢が徐々に変わっていくのがわかった。「ひぎゃ！」と、大きな声で下着姿の自分に驚きながら、凪があらわれる。

恥ずかしがっていた凪だが、しかし数秒後にはひづるのほうに向きなおり、真剣な表情で見つめてくる。なぎさの時間を借りて、わざわざ伝えに来た理由。

「先生。決めました」

「例の件だな」

「はい。こんなこと、お願いする立場にないことは、重々承知しています。でも、もし叶うなら……」

一拍置いて、凪は答えた。

「わたしは外に出たい。ここにいる時間を、もう終わりにしたい」

決意を見るには十分な言葉だった。彼女の瞳からも迷いがないことが伝わってきた。

持っていた本を脇に置き、ひづるは口を開く。

「いいだろう。方法を考える」

凪は静かにうなずき、そして白線をまたいでいった。なぎさに戻ると、雰囲気が豹変し、眠そうにあくびを始める。

もう用事が済んだことを伝えると、なぎさは意外にもあっさりと帰って行った。再び部屋に一人になり、窓から入ってくる海風を浴びながら、ひづるは思考を整理させるために目を閉じる。

脱出の期日は決まった。凪も一緒に連れていく。彼女の人格のまま外に連れ出すことができれば、悪趣味な自殺をすることもない。すべてを解決させるための唯一の方法だ。

だが、白線の問題がある。あれを越えれば凪の人格は変わってしまう。彼女を気絶させて強引に線を越えても人格は奪われる。ルールにのっとり、正攻法で脱出しなければならない。その方法はまだ思いつかなかった。

スマートフォンで時刻を確認すると、夜の三時を過ぎていた。ふと、録音メッセージが一件入っていることに気づく。再生すると波稲の声だった。「いまからひづるちゃんの部屋を荒すよ。ひづるちゃんを探すためだから」。なんということだ。波稲が自分を探し始めた。そして手がかりを探して部屋をいま荒している。

電話を折り返そうと思ったが、直前でやめた。

「ぐずぐずしてられないな。急いでここを出る」

ベッドから出て、そのままひづるは集中状態に入るために、逆立ちを始めた。全身の血が脳に集まっていく様子をイメージする。思考を整理させていると、自然、声が漏れる。

「白線のルール……家を半分に分断……玄関側はなぎさで、内側は凪」

窓から入り込む海風が、ひときわ強く吹いて、カーテンを躍(おど)らせる。

そしてひづるは、とうとう答えにたどりつく。

「面白いアイデア――」

□――――、――□□

「――閃いたかも！」

というより、思い出したが正解だ。

逆立ちをやめて、目に飛び込んだそれに波稲は近づいていく。しゃがみ込み、部屋の隅に置かれていた、その段ボール箱を開ける。

なかに入っているのはファンレターの山だ。失踪する直前、ひづるはファンレターを一通ずつ目を通していた。そしてそのうちの一つを読んでいたところで、様子が変わった。ひづるはそのファンレターの差出人に会いに行ったのではないか。

記憶のなかの光景をたどる。ひづるが手紙に目を通していたとき、封が開けられテーブルに置かれていた手紙がいくつかあった。ぜんぶで何通だ？　七四通。そう、七四通だ。

出かけていくとき、彼女は手紙を持って行ったかもしれない。だとしたら七四通のうち、一通だけこの箱のなかから消えているファンレターがあるはずだ。

箱をひっくり返すと、ファンレターがあたりにあふれかえる。三〇〇通以上はある手紙のなかから、まずはあのとき、テーブルに置かれていたものをピックアップしていく。

過去の記憶の光景と照らし合わせながら、手紙を一通ずつ確認していく。集中を要する作業だった。しかし波稲は手を止めず、ひたすら選別を続けていった。

ピックアップした手紙から、今度は消えている一通を探し出す。頭のなかでリストをつくり、手元にある手紙から順番に名簿の名前を消していく。

「ある。ある。ある……。このひともある。このひとじゃない」

そしてとうとう、すべてのチェックを終えて、見つける。

たった一通だけ消えた手紙の正体は――

「柊木凪。このひとが書いた手紙だけない！」

手紙に書かれた差出人の名前と、そして住所も、波稲の視界はばっちり過去にとらえていた。一度でも目に入っていれば、光景として焼きつく。

壁にかけられた時計を見ると、朝の六時になっていた。波稲は駆け出し、玄関を出る。スマートフォンで検索しながら、住所までの最短ルートを導き出していく。

エントランスを抜けて外に出る。そのまま駅を目指そうとした、そのときだった。

「おわ！」

波稲はあらわれた人影とぶつかりそうになる。顔を上げると、アロハシャツを着た見知った男性だった。片手にはいつもの銘菓が入った紙袋を持っている。

「強羅さん！」

「あ、どうも波稲ちゃん。先生のとこにいたの？　あ、いま先生っている？　昨日も一昨日もインターホン押したんだけど出なくて。昼も夜もだめだったから、今日は早朝に来てみたんだけど」

「ちょうどよかった！　強羅さん運転できる⁉　いますぐ向かってほしいところがあるんやけど！」

「え、いきなりなに？　免許はあるけど……でもいまは先生と打ち合わせを」

「その先生がいま監禁されてんの！　場所はわかってるから、運転して！」

波稲が言いながら、鍵を放る。強羅はあたふたしながらそれを受け取る。黄色のシュエットの鍵だった。住所の場所は駅から離れた海沿いにある。車を使えば早くつけるだろう。通りを挟んだ向かいにある駐車場にシュエットは停められていた。走る波稲に、いまだ理解半分の様子の強羅も必死に追いつこうとする。

「波稲ちゃん、監禁ってどういうこと？　先生いまなんかやばいの？」

「いいから急いで！」

「いやでもあの車って確か亡霊ついてるんじゃ……」

「もう成仏したからちゃっちゃと運転せえーっ！」

もたもたする強羅を、波稲は無理やりに運転席に押し込んでいった。エンジンがかかると同時、波稲も助手席に乗り込む。強羅は泣きそうな声でうめき、ハンドルを握る。

「いったい何が起きてるんだ……」

ひづるのもとへ向かって、車が走り出す。

□

昨日から見当たらなかったジャケットは、柊木凪の部屋で見つかった。壁にかけられたハンガーからジャケットを外し、片方の袖に腕を通している途中で、ベッドで寝ているなぎさが起きた。

「ありゃ先生。おはようございます。女性と寝る趣味はなかったんじゃ？」

「ジャケットを探していただけだ」

「こんな早朝からどこかお出かけですか？」皮肉めいた口調でなぎさが言ってくる。その間も淡々と、ひづるはジャケットの袖に腕を通していく。

「ああ、そろそろおいとまさせてもらうことにした。キミを置いてここを出る」

「昨日話したこと、忘れたんですか？」

「キミが死んで、わたしの記憶に残り続けるとかいう話か。ちゃんと覚えてるよ。語弊があったようなので言いなおそう。私はキミ『だけ』を置いてここを出る」

何か言い返そうとなぎさが口を開く。しかし、そこで体が固まり、表情が徐々にこわばっていった。自分の置かれた状況に、ようやく気づいたらしかった。それが夢ではないことを確かめるように、なぎさがベッドのシーツを撫でる。

「このベッド、わたしのじゃない。凪の……」

「普段は見ない角度からの景色はどうだ？」

なぎさがすぐそばの床を見下ろす。白線があり、それを越えて、凪のエリアに入り込んでいた。凪のベッドに寝ている。普段はありえない位置に自分がいる。なぎさの顔からは、完全に余裕が消えている。

「……寝ている間に運んだんですか」

「意識を失っている間は、白線を越えても人格は交代されない。キミたちから教えられたルールだ。利用させてもらった」

「なるほど。で、これでわたしを閉じ込めたつもりですか？　わたしは凪よりも根性ありますよ。窓なんて叩き壊して、骨折してでも飛び降りて外に出てやります」

「そうならないうちに次の段階だ。言っただろう、キミだけを置いていくと。そこからさらに白線を踏み越えて、凪と交代してもらう。そうすればスイッチが完了だ。こちら側に来た凪は外に出られる」

「わたしが大人しくその指示に従うとでも？」

「もちろん思わない。だから強引にいかせてもらう」

なぎさがベッドから起き上がろうとする。そこで彼女は初めて、自分の足が不自由になっていることに気づく。シーツをめくり、両足首につけられた拘束ベルトを見て、わかりやすく顔が青ざめた。

「悪いな。寝込みを襲わせてもらった」

ひづるの部屋に置きっぱなしになっていた拘束ベルト。使わない手はなかった。ここからは多少の体力勝負になる。ひづるは準備運動のために、肩と首を一周、ぐるりと回す。

「く、くそ！　くそくそくそ、外れない！　こんなのずるい！」

「悪いが私は探偵じゃないんでね。何もかもスタイリッシュに済ませると思ったら大間違いだ。それにキミも私を拘束したんだ。これでおあいこということにしようじゃないか」

ベッドの端をつかみ、ずる、ずる、ずる、と少しずつ移動させていく。腰を落として体重を後ろにかければ、人を乗せたベッドでも動かすことができた。

床を派手に鳴らし、ベッドの先端がとうとう白線にかかり始める。パニックを起こしたのか、なぎさが上半身だけベッドからずり落ちる。ひづるは淡々と作業を進める。

「ちなみに、凪とともにここを脱出する方法は八通りほど思い浮かんだ。今回はそのなかでも一番シンプルに済む方法を採用した。凪が外に出れば、しばらくキミが目覚めることもないだろうから、最後の余暇に残りの七通りでも考えていたまえ」

「いやだ！　いやだああ！」

床に爪を立てて必死に抵抗する。床の摩擦で皮膚がこすれる、きゅうう、という不快な音が鳴る。恐ろしい執念だ。どこか演出めいているとさえ、ひづるは感じた。

ベッドのほとんどが白線をまたぎ、なぎさとして存在を許されている部分は、胸部から上の部分のみとなる。抵抗するなぎさと、ベッドを引くひづる、二人の乱れた息が重なる。

ひづるがもう一度、首を回す。それが休憩を終えた合図だった。

「安心しろ。忘れないでおいてやる」

勢いよく、力を振り絞り、ひづるはベッドを思い切り引いた。なぎさの悲鳴が、床の軋む音にかき消される。

そして——

「起きたまえ」

叫んでいた彼女がとたん、静かになり、ゆっくりと体を起こす。「先生……」と、口調の変わったその声が応答する。

ひづるが足首の拘束ベルトを解いている途中も、凪は自分がなぎさ側のエリアにいることが信じられない様子だった。

「ここを出るぞ。とりあえず服を着ろ」

「……本当に、外へ」

準備を済ませて、二人で階段を下りる。あやまって白線を越えないよう、凪の足取りはとても慎重だった。先に降りたひづるもそれを責めることなく、静かに彼女を待つ。

ゆっくりと玄関ドアまで向かっていく。ひづるはドアを開けて、先に脱出する権利を凪に譲ってやった。玄関の前で一度深呼吸し、凪はドアを開いた。

朝日が差し込み、二人の顔を照らした。眩しさにひづるは顔をそむける。ちらりと見ると、凪は手で顔を覆っていた。涙を流しているのだとわかった。

ひづるも玄関の外の光景は初めてだった。窓から見たときに想像してはいたが、それよりもずっと近くに砂浜があった。玄関近くのウッドデッキには海風に運ばれた砂が浅く積もっている。

「一応聞いておくが、ここが島だったとかいうオチではないだろうな。私たちはさらに囚われていたとか、Ｂ級映画のような胸糞の悪いエンディングはごめんだ」

凪が小さく噴き出して、大丈夫ですよ、と指をさす。振り返った方向を見ると坂道が見えた。ここは入り江に建てられたコテージだったようだ。

「坂を登って行けば通りに出ます。バスも定期的に通っている道です。もしくは通りかかったタクシーを拾うか、少し歩きますが駅のほうに向かうか」

「とりあえず街を目指そう」

歩きながら、ひづるが何気なくジャケットのポケットに手を入れたときだった。なかに何かが入っているのに気づき、取り出すと、一枚のメモ用紙だった。めくると、短い文でこうあった。

『すみませんでした。どうか　あの子をよろしく。』

メッセージを残すとき、メモ帳を使うと言っていたのはなぎさのほうだった。ジャケットがいつの間にか消えていたと思っていたが、これをしのばせるためだったようだ。

「やはりこういうことだったか」

ついてくる足音が聞こえなくなっていることに気づき、振り返ると、凪が立ち止ったまま動けなくなっていた。震えているのは風の寒さのせい、ではないだろう。

外に出ていくことが不安なのだ。怖くてたまらないのだ。

その気になれば外には出られる。なぎさが言っていた通り、窓を割り、骨が折れる覚悟で二階から飛び降りてもよかった。だけど凪はそれをしなかった。いままで一度も、それをしてこなかった。

ファンレターのなかに書かれた一文をひづるは思い出す。

『私はいま、二重人格に悩まされています』

あれを書いたのは凪ではなく、なぎさのほうだ。凪は本の感想しか書いていないと自分で言っていた。助けを求めていたのは、なぎさのほうだった。引きこもり続け、このままではダメになってしまう主人格の凪を、ずっと気にかけていた。

生半可な決意ではだめだった。強い覚悟のもと、外に出ていかせる必要があった。だから南雲竜之介が必要だった。憧れの作家と一緒なら、凪も外に出られるかもしれない。だからひづるを誘拐し、監禁した。いつでも出られるよう脱出を促した。

そしていま、凪は再び恐怖に囚われている。外に出るのを、拒み始めている。放置すれば、いまにも勝手に、自分から家に戻っていきそうだった。

凪がそっと口を開く。

「外に出ても、どうしたらいいかわからないんです。こんな私が溶け込める社会なんて、ない気がする。傷つきたくない。誰かに迷惑もかけたくない……」

「だがきみは外に出る決意をした。いまさら戻って、またなぎさに笑われたいか。あの支配された生活に戻りたいか」

凪は間を置いて、やがて首を横に振った。そしてまた奮い起こしたように、ゆっくりと歩き出す。コテージから離れ続ける間、凪は一度も振り返らなかった。

このメモを見せようかひづるは迷った。だけど結局、それを丸めてジャケットにしまった。なぎさは自分を犠牲にしてこの最後のメッセージを残した。これほど美しい自殺を、ひづるは知らない。

「キミの心の問題はキミが解決する以外に方法はない。だがそれ以外の方法でなら支援はしよう。キミの生活が整うまではうちで暮らしてもいい」

ひづるがスマートフォンを取り出すと、そこでようやく、何十件と溜まった着信履歴に気づいた。すべて波稲からのものだった。どうやら相当心配をかけていたらしい。まだこちらの問題を片づけていなかった。

それだけじゃない。片づけなければならない問題は、ほかにもあった。ここ最近の、もろもろの出来事を整理するべき時期がきていた。コテージに閉じ込められていたときと比べて、一気に時間が進み始めた気分だった。

ひづるが電話をかけると、波稲はすぐに出た。

□□□□□

かけ続けていた電話に、ひづるからようやく折り返しがかかってきたのは、車に乗って一時間半ほどが経ったときだった。いまは高速を降りて一般道を走っている。

スピーカーをオンにして通話を始める。もしもし、とひづるの声が聞こえて安堵する。

もう何年も彼女の声を聞いていない気分だった。

「もしもし、ひづるちゃんっ？　いま柊木凪のとこ？」

「そうだ。よくつきとめたな」

「ちゃんと無事？　いま迎えに行ってるとこやから。そこで待ってて」

入力したナビに残り時間が表示されていた。通勤ラッシュとは反対の車線を走っており、渋滞もない。

「あと二〇分くらいでつくから。いま車で向かってるとこ」

「車？　キミは免許など持っていないだろう。タクシーでも使っているのか」

「ちゃうちゃう。ひづるちゃんの家の前に来てた強羅さんに偶然会うて、車出してもろてんの。ひづるちゃんのシュエット使わせてもろてるで。ねえ、ほんまに無事？」

そのとき、ひづるからの返事が途絶える。一瞬、電話が切れたかと思い確認するが、まだつながっていた。

もう一度名前を呼ぶと、ひづるはこう返してきた。

「波稲、落ち着いて聞け。いま優先するべきなのはキミの無事のほうだ」

「なにそれ？　どういう意味？」

「隙を見つけて車から降りろ」

「え、ちょ……」

ひづるのもとにいま向かっているというのに、どうして車を降りろというのか。まさか向こうで何か危険な状況にでも置かれているのか。

いや、違う。そうじゃない。そういう口調ではなかった。ひづるは本当に、こちらの心配をしている。嫌な予感がした。だけどすでに遅かった。

「強羅からいますぐ離れるんだ、波稲」

声が車内に響くと、波稲は即座に、シートベルトのロックを解除しようと手を伸ばした。ボタンを押す直前、その手にナイフの刃先が向かってきた。波稲が手を止めると、皮膚に接する数ミリのところで、刃先が止まった。

波稲はシートベルトの解除ボタンからそっと手を離し、ナイフから顔を上げ、運転席に座る強羅を見る。

仮面の剝(は)がれた男が、不気味な笑みを浮かべていた。

□□□□□

電話口から波稲の返事が途絶え、代わりに聞こえてきたのは、強羅の声だった。

「だめですよ先生。波稲ちゃんがスピーカーで話していることも想定しないと。めずらしく冷静さを欠きましたね」

!
チャキ

波稲は囚われた。おそらく逃げ出せている様子もない。車のなかでドアをロックされ、凶器でも突きつけられて脅されているかもしれない。強羅の指摘通り、少し焦りすぎた。普段の習慣のせいで、強羅を前にすると油断する癖がついているのかもしれない。

「柊木凪の取材はどうでしたか？」強羅が淡々と訊いてくる。

「悪くない三日間だった。眠らされている間に貴様に体を触れられていたかと思うと、虫酸が走ったがな」

「よく気づきましたね」

「彼女一人で眠った私を運び込むのは不可能だ。誘拐を手伝えるのは、私が彼女に会いに行くタイミングを知っている者。ファンレターは作家のもとに届く前に、担当編集によって必ずチェックが入る。協力できるのはお前だけだ」

電話口の奥から、強羅の笑い声が聞こえる。いつもの陽気な声色ではなく、含むような笑い方。どちらにしてもひづるには不快だった。

「いいですよね、二重人格。二週間ほど前に先生の誘拐の段取りを決めるのに打ち合わせをしたんですけど、なぎささん、陽気でいい方でした。もう一人の主人格の方とはお会いできませんでしたが。きっと、先生の執筆にいい影響を与えたはずです」

「貴様の豹変ぶりも笑えるがな。さっさと要求を言いたまえ」

「さすが先生、話が早くて助かります。僕の目的はたった一つ、新作です。先生の新作原稿。バレてしまっては僕が捕まるのも時間の問題だ。だからその前に読ませてください。先生の原稿と引き換えに、波稲ちゃんを解放します」

「いいだろう。原稿の入ったＵＳＢメモリなら持っている。場所は？」

「初めて僕たちが打ち合わせをしたカフェは覚えていますか」

「神保町(じんぼうちょう)」

「そうです。そこで落ち合いましょう」

一時間半後に集合することを決め、電話が切れる。そのあと写真が送られてきた。助手席に座っている波稲の姿が撮られていた。こわばった表情のまま、気丈にふるまおうとしているのか、片手でピースサインをつくっていた。

雰囲気を察したのか、心配した様子の凪が声をかけてくる。

「大丈夫ですか？　いったい何が……」

「野暮用ができた。悪いが先に私の部屋に向かっていてくれ。場所のメモと鍵を渡しておく。キミの生活については、すべて終わってから続きを話そう」

「わたしも何か手伝いを」

「いや、これは私が片づけるべき問題だ」

一人の作家と、一人の担当編集の問題。そこに家族を巻き込んでしまった。ひづる自身が解決するべき責任があるし、何よりそうしないと、腹の虫もおさまらない。

ひづるは再び電話をかけ始める。決着をつけるときがきた。

5

大通りから一本逸れた通りにあるパーキングエリアに、強羅は車を停めた。その辺の路肩ではなく、きちんとパーキングを利用するのが逆に気持ち悪いと、波稲は思った。

「少し前を歩いて。口頭で案内する。ちなみに僕から一メートル以上離れれば刺す」

ナイフの刃をほかの通行人には見えないよう器用に角度を変えつつ、波稲をいつでも刺せる距離を保ち、強羅が道を指示していく。もう片方の手には『鈴竹』の袋を抱えていた。なかに入っているのはノートパソコンらしい。

何か会話を持ちかけて油断させられないかと考えたが、その隙はまったくなさそうだった。アロハシャツを着てへらへらと笑い、銘菓の和菓子の袋を常に片手に持っている気弱そうな男は、もうどこにもいなかった。

目的のカフェは、ビルの一階部分にあった。一面がガラス張りになっていて、店内の様子を確認することができた。ひづるの姿もすぐに見つけた。端のほうの席で、コーヒーを飲みながら悠々と読書をしていた。誘拐犯を待つ人物の態度には、とても思えない。

「くくっ！　最高だな……あのひとは……」

……
……
くくっ！
最高だな…
あのひとは……

くく、と含むような笑い声を上げたあと、強羅が店に入るよう促す。ひづるのもとへ駆け出したくなるのを抑え、ゆっくり近づいていく。

店内の客はまばらで、一〇人ほど。雑談をしたり、パソコンを開き作業をしたり、スマートフォンをいじっていたり、思い思いに過ごしている。

近づく波稲たちに気づき、ひづるは本をしまう。

「原稿が欲しいなら私の部屋で集合でも良かっただろう」

「警察に玄関前に張り付かれておしまいですよ。その手には乗りません。ここなら出入口は二つある。万が一でも逃げるチャンスが広がります」

強羅が続ける。

「それにしても、優雅に読書とは恐れ入りました。何を読まれてたんですか？　気になるなぁ、こういう状況のとき、先生は何を読んでたんだろう」

「すべての出来事の裏で糸を引き続けていた、滑稽（こっけい）な男の姿が描かれた物語、とかはどうだ？」

強羅は微笑（ほほえ）み、大きく表情を変えることなく、そのままひづるの向かいの席に座る。その隣に座らされながら、波稲のほうは少なからず動揺していた。裏で糸を引き続けていた？　彼が関わっていたのは、柊木凪の件だけではないのか。

「どこから気づいてました？」

「違和感を覚えたのは、危機回避倶楽部のミスター・レイが予知をしたとき。私たちの服装や部屋での出来事を的確に言い当てた」

ひづるはカバンを探りながら、続ける。

「彼らの設定では『クロノスの目』を使ってのぞいたという主張だが、あながち的外れでもなかった。私の家の住所を知り、かつあの部屋に一度でも入ることができて、そのうえ私がめったに触らない場所を知り、コレを仕掛けることができた人物。そのたった一人がいれば、あの過去視は実現できる」

取り出してきたのは、小型のカメラだった。色は違うが、以前、強羅がひづるのリクエストに応えて持ってきた監視カメラと、まったく同じものだった。

「私は鈴竹は食べない。だから鈴竹の箱が積まれた山のなかにカメラが紛れ込んでいても、普通なら気づけなかっただろうな」

「波稲ちゃんが鈴竹を気に入り出したので、少し焦りましたよ。カメラの回収もなかなか上手くいかないし、箱が片づけられればバレてしまう。僕にできるのはたびたび足を運んで、鈴竹を増やすことくらいでした。いずれにしても時間の問題でしたね」

あるときを境に、『鈴竹』の箱が急に消えていた。ひづるは処分したと言っていた。

強羅と危機回避倶楽部はつながっていた。あの頃から、とっくに彼は自分たちの身近に潜み、計画を進めていた。

「最近、ミサキと面会し裏付けをしてきた。あっさり貴様の存在を明かしたよ。結局、彼女も本物の予知能力者ではなかった」

ファンには気をつけてください。最後にミサキはそう言っていた。いまになって、あの言葉の意味がようやく理解できた。

「貴様に監視カメラを借りてわざと反応を探ってみた。生意気にも飄々とするから、思わずイラついて椅子を蹴ってしまったよ」

そういえば、と、ひづると強羅が学食にいたときの光景を思い出す。確かにいつもより機嫌が悪かった。監視カメラを借りた瞬間、ひづるの反応には、妙な間があった。あれは彼の様子を観察していたのか。

「あの学食での時間はひりひりしましたよ。内心焦ってました。ああ、ついにバレたんだな、と。出方によっては波稲ちゃんをあそこで誘拐することも考えました」

強羅の座るほうをちらりとのぞくと、ナイフの刃先はいまだに波稲のほうを向いていた。刃の表面に、歪んで反射した自分の顔が映る。会話を進めながらも、強羅はまったく隙を見せない。

「貴様を今日まで泳がせていたのは、どこまでするつもりなのかを見定めたかったからだ。どこまで用意しているのかを知りたかった」

「……その様子だと、ほかの細工も気づいてくれたみたいですね」

強羅は続きを待っていた。明らかにこの状況を楽しんでいる様子だった。種明かしをされて快感を覚える犯人もいる。ち、とひづるは舌打ちを挟んだあと、先を続けた。

「私と波稲の前で呪われた車が事故を起こした。あの運転手は貴様のさしがねだな」

「そうです。エキストラを雇いました。危機回避倶楽部と接触したときに紹介をいただきましてね。どこか抜けがありましたか？　演技が臭かったとか？」

「呪われた車の正体は未成熟な人工知能だった。あれは前の車を追尾しようとするがゆえに衝突の暴走を起こす。だが私たちの前で起きたあの車は、『バック走行』で事故を起こしていた。人工知能の暴走とは矛盾する」

なるほど、と強羅が笑う。

間髪入れずひづるは次の種明かしをする。

「絵画にニスを塗ったのも貴様だな。店主でも画家のほうでもない。店主は心当たりのない様子だったし、画家もタイミングが一致しない。直前に貴様は一日絵画を借りたと言っていた。細工するならそのときだ」

「何から何までその通りです。個々の事件の真相なんて、僕にはどうでもよかった。ただ先生にインスピレーションを与える手伝いをする。それだけを目的に計画しました」

この男は最初から近くにいた。ずっと身近にいて、自分たちを見張っていた。

「どうですか先生？　これだけ多くの怪奇現象を経験してみて。ちょっと出来すぎなペースで遭遇してきましたけど、それでも刺激は受けたでしょう？　最高傑作ができましたよね？　読ませてください読ませるべきです読ませなければなりません読ませろよ」

　本性をむき出しにしながら、強羅は脇に持っていた鈴竹の袋をあけて、ノートパソコンを取り出す。

「先生のデビュー作『シャドーボール』を読んで、虜（とりこ）になりました。そこで編集者になるという目標が決まりました。何がなんでもこのひとと作品をつくりたいと思った。先生と一作つくれるなら死んでもいいと思った。出版社に編集者として入社できても、必ずしも文芸の編集になれるとは限らない。ましてやベストセラーの作家の担当になんて、普通の方法でやっていたら絶対になれない。だから社内でも、色々よくないこともしてきましたよ。でもいいんです、すべて今日のためです」

　ひづるはホットコーヒーを一口すする。彼の気迫と異常性に圧されている様子はない。かなうことなら、波稲はいますぐこの男の隣から離れたいと思った。

「ああ、担当になってようやく先生の新作が読める。先生の前作『オクシモロン』もあれは他社だった。僕と一緒につくったものじゃなかった。やっと先生の作品が読める。もうわかったでしょう？　ナンバーワンのファンは柊木凪なんかじゃない。この僕ですよ。僕こそが、南雲竜之介のナンバーワンのファンなんです」

　コーヒーの入ったカップを置き、ひづるがカバンを探り始める。

取り出してきたのは、一本のＵＳＢメモリだった。強羅の腕が素早く動き、ＵＳＢメモリを奪い取ろうとするが、反応したひづるがそれを避ける。

「波稲を解放してからだ」

「そのＵＳＢメモリが本物であるという確証がありません。僕が確認します。本当に原稿が入っていれば波稲ちゃんを解放します」

数秒の睨み合いが続いた。先に折れたのはひづるのほうだった。ＵＳＢメモリをテーブルに置くと、強羅が今度はゆっくりと手に取る。冷静さを取り戻すのが恐ろしく早かった。この精神力を持っているからこそ、計画を遂行させることができたのだろう。

ひづると波稲、両方を警戒しつつ、強羅は自分のパソコンにＵＳＢメモリを挿入する。波稲にとっても、その待機時間が永遠に感じられた。ひづるは本物の原稿を強羅に渡したのだろうか。そもそも原稿は完成しているのか。未完成の原稿は人には見せないと、前に言っていたような気がする。完成していないのだとしたら、偽物を渡した可能性もある。それを見て逆上した強羅が、自分を刺してくるかもしれない。

「ほ、本物だ……！」

感嘆する強羅の声で、波稲の思考が途切れる。本物の原稿を渡したのか。波稲にはそれが少し意外だった。思わずひづると視線を合わせる。何かを伝えようと、うなずいてきた。その意図に気づくまでに、時間はかからなかった。

「あぁ、やっぱり完成してたんですね！　読み通りだ！　本物の原稿だ、新作だ！　僕だけが読める原稿！　僕が最初の読者になれる原稿！」

「波稲を解放したまえ」

「僕が読み終えてからです。感想を伝えて初めてファンですから」

「貴様に読み終えるまでの時間はあるかな」

ぴく、と強羅の動きが止まる。パソコンからひづるに視線を向ける。ひづるが何か仕掛けると思ったのか、強羅が数センチほど身を引き、テーブルから離れる。

「……どういう意味ですか、先生」

「おかしいとは思わないか？」

ひづるは答える。

「ここに来てから一〇分以上経つのに、なぜまだ店員が水すら運びに来ないのか、と」

それが合図だった。

強羅が反応するよりも早く、カーディガンを着た男性が駆けより、彼をテーブルに押さえつける。強羅の体がテーブルに打ち付けられる、激しい衝撃音が鳴る。落ちそうになったコーヒーカップを、ひづるが床に落ちる前につかんだ。

「やるな、警部。その華奢（きやしや）な体からは想像もつかない鋭い動きだ」

「これでも鍛えてますからね」

うめき声を上げて強羅が抵抗する。体重をかけて静寂島警部がさらに押さえ込む。

「すでに警部を潜ませていたんですか……」強羅がつぶやく。

「警部だけじゃないさ」

近くにいた男女が立ち上がる。後ろにテーブル席にいた三人の女性、窓際のカウンター席の男性、さらに増える。

気づけば店内にいた客の全員が、こちらに集まってきていた。

「エキストラの応用だ。今回は全員警察だがな」

強羅の手からナイフが落ち、床を鳴らす。

そのまま連行されていく強羅は、パソコンに手を伸ばそうとまだもがいていた。最終的には静寂島警部のほかに、三人の男性警察官が強羅の連行に加わった。

「ひどい！　ひどいよ！　こんなことってないよ！　目の前に原稿があるのに！　あと少しで読めたのにいいいいいいい！」

強羅の叫び声がこだました直後、不気味な奇跡が起きた。

執念の力か、手錠がかけられようかというその瞬間、彼が警察官三人を振りほどくのが見えた。次にまばたきした頃には、強羅がまたこちらに迫ってきていた。

「邪魔だガキィィィ！」

原稿の入ったパソコンを回収しようと手を伸ばしてくる。パソコンと強羅の直線上にいる波稲は、突然のことで動けなくなってしまう。

強羅の手が目の前まで迫ってくる。警察官が彼を追いかけてきているのが見える。すべての動きがスローに感じられた。自分だけ別の時間の流れのなかにいる気持ちだった。

そして強羅の頭部に蹴りが叩き込まれる瞬間も、波稲の目は細部までとらえていた。

「いぎっ！」と短いうめき声を上げ、蹴られた勢いでバランスを崩し、彼は後方の席まで吹き飛んでいった。

強羅を撃退した本人であるひづるが、彼を見下ろし溜息をつく。強羅に突進されかけた恐怖よりも、いまは俊敏だったひづるの蹴りに驚いていた。静寂島警部も波稲と同じように、ぽかんと口を開けていた。

「ひづるちゃん……そんな動きできたんや？」

「最近、カポエイラにハマっているんだ」

派手に転倒した強羅がまた起き上がろうとする。警察官が彼を取り押さえ、今度こそ暴れられないように、手錠をかけた。強羅はまだ必死に叫んでいた。言葉としての形を失っていて、もう何を言っているかも聞き取れなかった。

ひづるが近づくと、彼の絶叫が嘘のようにやんだ。「先生……」と、すがりつくような声。警察官たちへの抵抗をやめて、静かにひづるの言葉を待っていた。

「貴様のアイデアは刺激的だったよ。だがな、越えてはならないボーダーラインも、この世にはある」

店の外へ連れて行かれる間、それきり強羅は喋らなくなった。


パソコンに挿さっているUSBメモリをひづるが回収するのを見ながら、波稲は訊いた。

「どうして本物の原稿を？　意地悪なひづるちゃんやったら、てっきり空のファイルでも入れたんかと思てた」

「意地悪とは失礼だな。普段からカバンにUSBメモリは入れていたし、本物の原稿ならあいつの油断をより確実に誘えると思ったからだ。そして何より……」

「何より？」

「本物の原稿をあと少しで読めるタイミングで捕まったほうが、劇的だ」

「……やっぱり意地悪だ」

それはひづるの本音だったのかもしれないし、もっとほかに理由があったのかもしれない。強羅を逆上させず、波稲を確実に守るためにそうしたと考えることもできる。あるいはどういう形であれ、自分のファンでいてくれた一人の読者に、報いるためだったのかもしれない。

「あんなに豹変するんやね、ひとって」

「どんな人間がいたっておかしくはないさ」

ひづるは言う。

「未来予知ができるとたぶらかし、信者を妄信させた教祖。自分の夢をあきらめきれず、車に改造を加えた技術者。描いた絵に愛をこめ秘密を隠した画家。憧れの作家に異様な執着を見せるファンの読者。色々な人間がいるから、面白いんだ」

確かに彼らは、大学で講義を受けているだけでは出会えなかったひとたちだ。だからやっぱり、どちらの世界も大切にしたいと、波稲は思う。大学生としてキャンパスライフを謳歌する自分も、作家の取材についていき刺激を受ける自分も。

「さあ帰ろう。家に客人も待たせている」

「客人？　ていうか勝手に帰っててええん？」

「用件があれば連絡してくるさ」

二人そろって立ち上がり、こっそりと店を出る。パーキングエリアに停められた黄色のシュエットのもとへ向かったが、残念ながら警察が捜査を始めており、使えそうな雰囲気ではなかった。大通りに出て、あきらめて駅を目指すことにした。

「そういえば私、柊木凪っていうひとの家でひづるちゃんがどんな目に遭ったんか、まだよく知らんのやけど。なんか二重人格って言ってなかった？」

「すぐにわかるよ。なあ、ところでやはりお腹が空かないか。何か食べていきたい」

「客人待たせてるんちゃうん？」

「少しくらいなら遅れてもいいさ。神保町には美味いカレー店があるがどうだ」

「カレー！　いいね、食べるっ」

まだ昼時になっていなかったが、波稲もかなり空腹だった。いまなら何でも食べられそうな気がする。

通りを歩きながら、カレー店を探していく。横断歩道を渡ろうとしたが、赤になったので立ち止まる。待っている間も地図アプリで検索しながら、候補の店を二人で探していった。さっきまで事件に巻き込まれていたとは思えない切り替えの早さに、波稲は思わず笑う。まるで人格が変わったかのようだ。とにかくいまはカレーが楽しみだった。

「カレエッ！　カレッ　カレッ！　カレ〜ッ　フンフン！」

「前からたまに聴くが、なんだその奇妙なリズムは」

「潮から教えてもろた歌やねん。歌ったあとに食べたら、カレーがより美味しくなる気ぃすんの！」

信号が青に変わる。

横断歩道の白線を、二人は同時に踏み越えていった。

エピローグ

「終わったぁ！」

万歳のポーズからそのまま床に寝転がる。今期提出予定のレポートの作成がようやくすべて終わり、波稲は解放された気持ちに包まれる。二〇二六年も残すところ二週間弱。これで心おきなく年を越せそうだった。

顔を上げると、執筆を続けているひづるも順調そうなペースだった。キーボードを叩く手が止まるところを、今日はまだ見ていない。集中を途切れさせないよう、そっと移動し、プリンターを起動してレポートを印刷する。ひづるの部屋でレポート作成をしていたのは、このプリンターが使えるからだった。コンビニでお金をかける必要も、キャンパス内で締切ギリギリでコピー機に駆け込む学生の列に並ぶ必要もない。

印刷が終わるのを待ちながらスマートフォンをいじっていると、メッセージが一件届いていた。

「あ、凪ちゃんからだ」

波稲の声に気づき、ひづるの執筆の手が止まる。近況が気になるようだったので、伝えることにした。

「写真送ってくれたよ。ほら、さっき日都ヶ島ついたって」

「移住先にあの島を選ぶとはな」

「へへ、気に入ってくれるといいね」

年の近い凪とは、あれからすぐに仲良くなった。雑談の合間に日都ヶ島のことを話すと、彼女は予想以上に強い興味を持った。それから一か月も経たないうちに、こうして移住まで済ませてしまうのだから、たくましい行動力だ。

「あ、仕事、邪魔しちゃってごめん」

「いや。執筆はいまちょうど終わった…………はずだ」

「なんか歯切れ悪いね」

「物語自体は書き終えた。あとはエンドマークを打つだけ。最後に（了）をつけるのが私の習慣だ。仕事を終えた自分への印にもなる」

パソコンのモニター画面を見つめながら、ひづるの手は止まったままだ。原稿の最後には、まだ『（了）』の文字は打たれていない。つまり仕事はまだ終わっていなかった。原稿の出来に満足していない、という様子でもなさそうだった。彼女の手を止めているのは、別の理由がありそうだった。

「いまから数秒間だけ、らしくないことを言うぞ」

そう前置きして、ひづるは語り始めた。

「私の作品を読んで影響されたという読者と、初めて間近で向き合って、心境の変化があった。今回のこの新作を発表したあと、また彼らのような人物があらわれるのではないかと、いま不安を覚えている」

「ひづるちゃん……」

それは柊木凪のことであり。

そしてほかでもない、元担当編集の、あの強羅のことだった。

「自分の作品が誰かの人生に、決して小さくない影響を与えてしまうかもしれない。道を踏み外すきっかけを与えてしまうかもしれない。書き終えて、いまはそればかり考えてしまう」

印刷が終わる。波稲はレポートを回収せず、そのままひづるのもとへ向かった。

波稲は何かを受け取ろうとするように手を差し出し、声をかける。

「ひづるちゃん。それなら最初に、私に読ませてよ」

「キミに原稿を？」

「私もさ、一回言うてみたかったんよね。南雲竜之介のナンバーワンのファンは、自分ですって」

ひづるの表情から、わずかに緊張が和（やわ）らいだのを感じた。

ひとは影響を与え合って生きていく。意識的にも、無意識的にも。社会で生きていくうえでそれは避けられない。

波稲はいま、その影響をまさに楽しんでいる最中だった。ひづると取材を共にしたからこそ、その楽しさを見出していた。そんな自分だからかけられる言葉があるはずだった。

「不安やったらさ、見ててよ。南雲竜之介の小説を読み尽くしてる私がちゃんと、立派な大人に育つとこを。ひづるちゃんの仮説なんて、私が否定しちゃる」

波稲は笑顔を向ける。やがてつられるように、ひづるもそっと笑みを浮かべた。

パソコン画面に向きなおり、ひづるの手が再び動き始める。キーボードの上で指が躍(おど)り出す。仕事を終えながら、ひづるは言った。

「長い取材になりそうだな」

そして、エンターキーが叩かれる。


（了）

半田先生の書かれたいくつかの台詞を、和歌山弁に変換する作業をさせてもらいました。

元の文章をいじるだけなので簡単簡単と思いきや、ただ言葉を置き換えるだけでは台詞のニュアンスが違ってしまったり、漢字にすべきか平仮名にすべきか迷い出したらキリがなかったり。

文章を書くということの一端に触れただけで、底なし沼のような果てしなさを感じました。

対して小説家は、ゼロから文章を紡いでいるわけです。たった一行の中にも、どんな言葉を選ぶのが最適か、判断を迫られる箇所が無数にあることは想像に難くありません。

そのせめぎあいを、全行、全ページに渡って繰り広げているのか…

文章を武器に戦う人の、底知れぬ凄まじさを垣間見ました。

田中靖規

半田畔と申します。『サマータイムレンダ』本編の未来にあたる二〇二六年を舞台に、ひづる&波稲コンビの物語を書かせていただきました。初めてのノベライズ執筆ということもあり、デビュー作の刊行時よりも緊張しました。それでも、ひづると波稲に向き合い、書かせていただいたこの一か月弱は、とても刺激的で幸福な時間でした。

原作の田中靖規先生には、タイトル決めや和歌山弁の監修を初め、とても多くの面でお世話になりました。本当にありがとうございました。担当編集の六郷様、週刊「少年ジャンプ」編集部の片山様、校正様、デザイナー様、そのほかの皆様にも大変お世話になりました。

執筆中、人間的な生活がおろそかになりがちな自分を支えてくださったパートナーにも、感謝します。

何より、本書をお読みいただいた『サマータイムレンダ』ファンの読者の皆様に、最上の感謝を。本作が、ひづると波稲をさらに深く好きになるきっかけとなってくだされば、これほどの幸せはございません。

それでは、ご縁があればまたどこかで。

二〇二六マイナス四年　半田　畔

サマータイムレンダ2026
小説家・南雲竜之介の

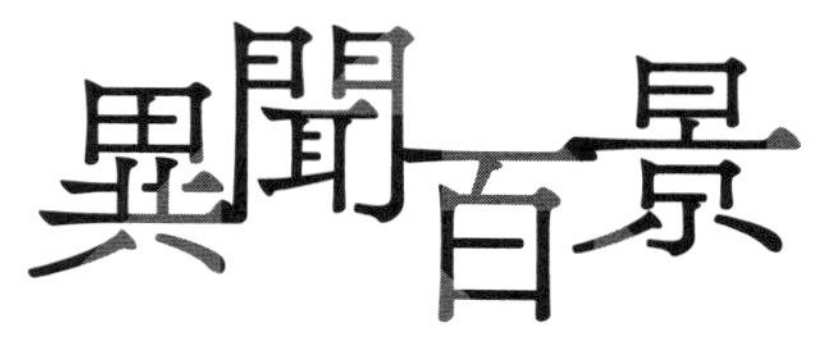

田中靖規

たなかやすき

TANAKA YASUKI

「猽」で天下一漫画賞を受賞しデビュー。2017年にジャンプ+で「サマータイムレンダ」連載開始。同作はTVアニメ化された。

半田 畔

はんだほとり

HANDA HOTORI

ジャンプ小説新人賞出身。「風見夜子の死体見聞」で第3回富士見ラノベ文芸大賞、金賞を受賞。集英社文庫「ひまりの一打」集英社オレンジ文庫「さようなら、君の贖罪」など多数。

サマータイムレンダ2026
小説家・南雲竜之介の

本書は書き下ろしです。
2022年10月9日 第1刷発行

原　作　**田中靖規**
小　説　**半田畔**

装　丁　菅原悠里（バナナグローブスタジオ）
編集協力　長澤國雄
担当編集　六郷祐介
編 集 人　千葉佳余
発 行 者　瓶子吉久
発 行 所　株式会社 集英社
〒101-8050　東京都千代田区一ツ橋 2-5-10
編集部 03-3230-6297
読者係 03-3230-6080
販売部 03-3230-6393（書店用）
印 刷 所　図書印刷株式会社

Printed in Japan ISBN978-4-08-703524-7 C0293

検印廃止

バルコニー
バルコニー
洋室
12.5帖
CL
CL
CL
CL
CL
CL
洋室
4.5帖
玄関
洗

JUMP j BOOKS：http://j-books.shueisha.co.jp/

本書のご意見・ご感想はこちらまで！

http://j-books.shueisha.co.jp/enquete/